器子小姐

ボッコちゃん

星新一

幡〇一三　吳季倫譯　麥田出版

目次

總序

幡：日本近代的文學旗手

楊　照

認識日本的近代文學，一定會提到夏目漱石。夏目漱石在一九〇〇年到英國留學，一九〇三年才回到日本。具備當時極為少見的留學資歷，夏目漱石一回到日本，就受到文壇的特別重視。在成為小說創作者之前，夏目漱石已經先以評論者的身分嶄露頭角，取得一定地位。

一九〇七年夏目漱石出版了《文學論》，書中序文用帶有戲劇性誇張意味的方式如此宣告：

……我決心要認真解釋「什麼是文學？」，而且有了不惜花一年多時間投入這個問題的第一階段研究想法。（在這第一階段中，）我住在租來的地方，閉門不出，將手上擁有的所有文學書籍全都收藏起來。我相信，藉由閱讀文學書籍來理解文學，就好像以血洗血一樣（，絕對無法達成目的）。我發誓要窮究文學在心理上的必要性，為何誕生、發達乃至荒廢。我發誓要窮究文學在社會上的必要性，為何存在、興盛乃至衰亡。

這段話在相當意義上呈現了日本近代文學的特質。首先，文學不再是消遣，不再是文人的休閒娛樂，而是一件既關乎個人存在也關乎社會集體運作的重要大事。因為文學如此重要，所以也就必須相應地以最嚴肅、最認真的態度來看待文學，從事一切與文學有關的活動。

其次，文學不是一個封閉的領域，要徹底了解文學，就必須在文學之外探求。文學源於人的根本心理要求，也源於社會集體的溝通衝動。弔詭地，以文學論文學，反而無法真正掌握文學的真義。

夏目漱石之所以突出強調這樣的文學意念，事實上，他之所以覺得應該花大力氣去研究並書寫《文學論》，是因為當時日本的文壇正處於「自然主義」和「浪漫主義」兩派熱火交鋒的狀態，雙方尖銳對立，勢不兩立。夏目漱石不想加入任何一方，更重要的，他不相信、不接受那樣刻意強調彼此差異的戰鬥形式，於是他想繞過「自然主義」及「浪漫主義」，從更根本的源頭上弄清楚「文學是什麼」。

日本近代文學由此開端。從十九、二十世紀之交，到一九八〇年左右，這條浩浩蕩蕩的文學大河，呈現了清楚的獨特風景。在這裡，文學的創作與文學的理念，或者更普遍地說，理論與作品，有著密不可分的交纏。幾乎每一部重要的作品，背後都有深刻的思想或主張；幾乎每一位重要的作家，都覺得有責任整理、提供獨特的創作道理。在這裡，作者的自我意識高度發達，無論在理論或作品上，他們都一方面認真尋索自我在世界中的位置，另一方面認真提供他們從這自我位置上所瞻見的世界圖像。

每個作者，甚至是每部作品，於是都像是高高舉起了鮮明的旗幟，在風中招搖擺盪。這一張張自信炫示的旗幟，構成了日本近代文學最迷人的景象。

針對日本近代文學的個性，我們提出了相應的閱讀計畫。依循三個標準，精選出納入書系中的作品：第一，作品具備當下閱讀的趣味與相關性；第二，作品背後反映了特殊的心理與社會風貌；第三，作品帶有日本近代文學史上的思想、理論代表性。也就是，書系中的每一部作品都樹建一杆可以清楚辨認的心理與社會旗幟，讓讀者在閱讀中不只可以藉此逐漸鋪畫出日本文學的歷史地圖，也能夠藉此定位自己人生中的個體與集體方向。

導讀

永不過時的星新一世界

楊照

《器子小姐》是星新一的短篇小說選集，兩百多頁的篇幅中一共收錄了五十篇小說，數字呈現了清楚的事實——這批作品最大特色在於每篇都很短，比一般的短篇小說都還要更短一些。

這種長度的日本小說，讓人立即聯想起以川端康成為主要作者的形式——「掌中小說」，名稱形象化地描述了其「短」，短到好像可以在一個張開的手掌上寫完。

「掌中小說」的名稱來自法國，而其內容精神主要在川端康成手中完成。十九世紀波特萊爾先是開創了法文現代詩的新風格，繼而又將從貝特朗（Aloysius Bertrand）那裡學來的「散文詩」形式寫出了令人目眩神迷的文學效果。進入二十世紀，「散文詩」在法國多增加了小說的趣味與想像廣度，產生了篇幅極短，實質上是綜合了詩、小說、散文三種文類特性的「掌中小說」。

川端康成進一步將法式「掌中小說」和日本的和歌傳統結合在一起，追求一種瞬間的美感，小說之「短」和時間切片之主觀、任意互相配合，具體文字書寫的，不再是描述或抒發，毋寧是偶然浮現的暗示或線索，從隱藏未明未說中散發出濃濃的詩意。那是一種在可理解與不可理解交界地帶的特殊情境，只有藉戛然而止的斷裂形式才能予以捕捉。

篇幅長度類近於「掌中小說」，星新一卻有著和川端康成完全不同的寫作來歷與關懷。首先，他所受的文學影響，主要來自戰後的美國，尤其是美國一度當令流行的科幻小說，相對和日本傳統文學，甚至和日本戰前的「私小說」、「自然主義」、「浪漫主義」等等都沒有直接的干涉。說星新一代表了戰後刻意脫離傳統，擁抱當下，同時肯定美國文化的價值，甚至積極看向未來的態度，應不為過。

因而在他的作品中，有著很不一樣的節奏感，短小的篇幅毋寧是為了加快敘述節奏，呼應經濟發展中的生活步調。如果說川端康成的美學信念是「短而舒緩」，愈是短愈是要在文字間創造出感受的餘裕來；那麼星新一習慣呈現的就是「短而急促」，迎合現代都會環境中人的忙碌心態，甚至是製造出更快更無從停歇的忙碌情景。

最急最快的，是沒有空停留在現實，是小說中普遍的未來性。選集中不只有許多作品明確將時空背景設定在未來，另外一批作品刻意模糊了時間設定，即使是放在現實背景中的小說，星新一也必然在其中賦予了一定的非現實性，不像是可能發生在日常一般現實的異樣條件，包括新科技、新觀念或甚至異時空的魔法。

這樣的非現實未來性，相當程度上保證了星新一作品不會過時。閱讀他的小說，幾乎都不需要檢視創作年份，不需要查考當時日本的政治、社會處境，或當時日本人的起居生活細節。星新一的小說獨立於這些現實條件之外，自成一個世界，也就不會在現實改變後顯得老舊過時。

能夠寫出這樣的小說，一部分源自星新一從家族繼承了強烈的科學，尤其是醫學、藥學的傳統。他的父親是「星製藥」與「星藥科大學」的創辦人，星新一在東京大學念的也不是文科，而是農業化學，二十五歲就因為父親猝逝而被迫成為家中製藥公司的經營者，後來因經營不善而交出公司主控權，卻仍然以董事身分長期支領非常優渥的待遇，提供他得以無憂自在生活的條件。

不再主持「星製藥」之後，他的生活重心很明顯放在兩件事上——關切太空事務與參與文學創作活動，而這兩件事又以有意義的方式纏捲在一起。從五〇年代到六〇年代，從蘇聯的人造衛星到美國成功登陸月球，探索太空是時代潮流的焦點，在科學的嚴格試驗外，也出現了許多或驚駭或浪漫或荒誕的外星想像，催生了盛極一時的星際科幻小說，刺激出許多前所未見的想像情節。星新一縱身在此流行浪潮中，成了日本科幻小說的推動者與創作者。

放在科幻想像的架構中，他所選擇的極短篇幅也因而有了另外的作用。首先，恣意放肆的想像力採取單點突破的方式最容易凸顯效果，卻往往經不起細節的追究，太多細節反而會讓敘述內容失去可信性，必須在讀者開始認真入戲思考之前，就推出使人驚訝的結局。

例如作為書名的〈器子小姐〉，「器子」的名字來自於在吧檯服務的美女，其實是一具有身無腦的機器人。機器人外表很美、很迷人，但腦袋空空基本上只會重複客人所說的話，然而一方面很神奇、一方面很諷刺，光只是重複客人話語的反應模式，非但沒有讓客人因而識破機器人，反使客人對「器子小姐」投注了更多的重視，甚至愛情。

這樣的故事情節很有趣，同時尖銳地嘲弄了日本男人在酒館中的行為。喝得醉醺醺的以對漂亮女生吃豆腐為樂，那樣的互動不只實質上是空洞的，對那個女性沒有任何「人的理解」，而且還有更愚蠢的部分，完全不需要也完全沒有任何心與感情的交流，就可以自欺地愛得死去活來。

在極其有限的篇幅中，這樣的寫法可以立即傳達社會諷刺的效果，然而無論要朝哪個方向延長，不管是去追究這種機器人如何造出，酒吧老闆自身與美女機器人間的關係，客人的日常生活與酒吧消費的細節……那就一定讓讀者產生對懷疑，而對小說的情節設定有了抗拒。

短小篇幅另外一個作用，是給予小說雋永的餘味。像是〈喂——出來啊——〉這篇，用極其簡略粗疏的方式描述人們如何發現並利用一個似乎可以填塞任何廢棄物的無底洞，因而看起來解決了生活環境中最麻煩的問題。這樣的敘述方式卻在最後一句話中遭到了徹底大逆轉，重複第二次出現的「喂——出來啊——」，讓人驚悚地意識到那個裝滿了垃圾的無底洞，其實就是人們自己所居住的城市。這是最短又最有力的環境過度開發控訴之作。

短小篇幅還能夠在去除細節後有效創造出奇幻荒誕之感。例如以簡筆方式描寫的〈包圍〉中，一個人追查可能要謀害自己的元凶，卻在一層又一層的倒退中，陷入了一種集體性的迷宮。現代生活製造出眾多人與人的連結，同時卻也使得連結失去了原本的意義，一直延伸出去的連結到最後意義稀薄，甚至不再找得到任何意義與道理了。

因為短，星新一能夠準確地引導我們看到那個急切而荒謬的生活世界。

譯序

來自時間的證明

吳季倫

每一位小說家都有各自的抱負。有人潛心雕琢寫作技法，有人著眼於寓意旨趣，也有人致力於開拓嶄新的體例。這些各色各樣的抱負，不僅是小說家對自己的期許，亦是給自己的夢想與目標。他們在腦海裡勾勒出一幅藍圖，按圖索驥，踽踽前行，在一步又一步的探索實踐中，得以一次再一次地驗證成果。獲得這樣的成果是極為重要的，它能使小說家蓄積更為豐厚的實力與信心，繼而轉化為在孤獨的創作之路上堅持向前的力量。作為讀者，我們同樣可以從這個視角來檢視小說家的創作意圖，以及量測他們與理想指標之間的距離。

星新一自選短篇集《器子小姐》，共收錄五十篇極短篇小說。

這部短篇選集刊行距今已有半個世紀，其所散發的卓然風采是否一如當年？答案是肯定的。每一篇小說在在體現了那個時代的光明與黑暗，讓我們得以從中窺見日本當年的社會圖景，而有了社會圖景的指南，也就不致於失去觀察的定位和方向。這就好比考古學家親赴現場進行發掘與繪圖的田野調查，如實再現古老遺跡的原貌，從而奠定下一個階段的研究基礎；我們同樣能在閱讀這部小說的過程中反思過去，展望未來，如涓滴成江海般收穫精神層面的飽滿充實。

這些作品充分包攝了星新一的奇思異想。他看待事物的多元思維，豐盈了作品的多樣性。即使某些故事情節乍看之下光怪離奇，但那只是表現出來的外在形式。透過小說人物遇到的諸種荒誕處境來影射真實世界的無稽甚或無力，才是作者真正的旨意，而這亦是他對日本社會的終極關懷。

在理解和詮釋星新一的內心世界及作品思想方面，同時代的作家筒井康隆有著深刻的見地，並於日文原作文庫版的解說中做了詳盡的闡述。有個不容忽視的事實是，星新一作品所呈現的寓言風格具有與時俱進的超現代性。在評價一部小說時，現代性的存在與否可謂相當關鍵的座標。擁有現代性內涵的天馬行空式的小說，其影響力遠遠超乎那些無病呻吟的文青式小說。畢竟，小說家必然企盼自己苦思冥想的心血結晶，能夠博得更多的閱覽和廣泛的流傳。一部無法在讀者心中泛起一絲漣漪的小說，充其量不過是自我愉悅的產物罷了。

星新一所鍾愛的極短篇小說文體，不僅是他個人的寫作風格，實際上亦映照出其成書於一九七〇年代日本消費社會的面向。隨著大眾消費時代的來臨，順應潮流的各種商品開發製造成為日本社會一股銳不可當的趨勢。受薪族群人數暴增，通勤時間愈加冗長，在那個掌上型遊戲機還沒有進入大眾視野、輕巧的行動電話也尚未面世的時代，攜帶方便的口袋書正是消遣調劑的最佳文化商品。書冊的小而美進一步延伸至文體的小而美，於是篇幅簡潔的極短篇小說，也就順理成章地成了搭乘電車時排遣枯燥煩悶的首選讀物。

時至今日，文字載體從實體紙張轉移到虛擬網路。傳播迅猛的網路世界裡社群媒體百家爭鳴，成為現代人獲得訊息、汲取新知的主要視覺途徑。在追求高效的前提下，人們要求文字內容必須言簡意賅，切中要點。然而，文體的凝鍊不曾減少讀者對於文學的渴望。我們和作者同享思想共鳴時會心潮澎湃，我們與作者產生思想碰撞時會迸發激情。文學思維從來不是只有一個標準答案。在不同的角度下，相同的稜鏡會折射出相異的炫彩光芒。

器子小姐

魔神

北國有一座湖，面積不大，卻深不見底。此時正值寒冬，湖面上結著厚厚的冰。

S先生來到這裡享受美好的假日時光。他在冰層上鑿了一個圓圓的小洞，垂入釣線，等待魚兒上鉤。左等右等，遲遲沒有收穫。

「真沒意思。隨便什麼都好，快上鉤吧！」

他嘟囔著，把釣線愈放愈長。忽然間，手中的釣線變得有些沉。

「感覺不太像魚，會是什麼呢？」

他往上一拉，鉤子上赫然掛著一只古壺。

「真是的，怎麼釣到這種沒用的玩意呢。送去古董店也賣不了幾個錢，拿去丟還挺費事的，不如瞧瞧裡頭有什麼東西吧！」

S先生隨手揭開壺蓋，一股黑煙猛然竄了出來，他趕緊閉緊眼睛。等了好一會兒，他才小心翼翼地睜開來一窺究竟。映入眼簾的先是那只古壺，接著是一個站在壺旁的陌生男子。此人膚色黝黑，身形矮小，耳朵尖尖的，後面還有條尾巴。

「你是誰呀？」

對方聽到了S先生的疑問，得意洋洋地笑著回答：

「吾乃魔神也！」

「原來是魔神啊。也對，書裡的插畫的確就是這個模樣，只是我沒想過世上真有魔神哩！」

「信者恆信，不信者恆不信。吾現身於此，千真萬確！」

S先生把眼睛揉了又揉，總算冷靜下來，怯怯懦懦地開口請教：

「請問您為什麼會出現在這裡呢？」

「吾於壺內安然沉睡湖底，忽被爾提拉出水，將吾喚醒。久未舒筋活骨，待吾一展身手！」

「您有什麼本領呢？」

「無所不能！今日准爾大開眼界。」

S先生想了一下，決定提出這項要求：

「這樣好了，可以賜我一點錢嗎？」

「此等小事，易如反掌。看清楚了！」

魔神伸手探入冰面的洞口，撈出一枚金幣遞給他。

不費絲毫工夫，太簡單了。滿腹狐疑的S先生接過來一看，的確是一枚貨真價實的金幣。

「太感謝了，您果真有通天的本領！可以再賜我一些嗎？」

「有何不可！」

魔神這回撈起了一把金幣。

「方便的話，請多給一些。」

「貪婪之輩！」

「百年難得一見的寶貴機會，當然得好好把握才行呀。求求您了！」

S先生一次又一次懇求，魔神也順他的意，撈出了一把又一把金幣。金幣熠熠生光，映得湖面一片金碧輝煌。

「如此足矣。適可而止。」

S先生不肯聽從魔神的勸誡，仍舊苦苦哀求。他心想，這輩子絕不可能再遇上這般天大的幸運了。

「求您行行好，再給些吧！最後一次，真的是最後一次了！」

魔神頷首，又撈出一把金幣，擱在旁邊。

就在這一剎那，一陣可怕的聲響傳入S先生的耳裡。沉重的金幣壓得冰面開始迸現裂痕。他驚覺事態不妙，立即拔腿狂奔，拚了命地衝回岸邊。

就在千鈞一髮之際，S先生總算踏上陸地。死裡逃生的他鬆了一口氣，轉身一看，方才站立的地方發出轟然巨響，冰層應聲崩裂，成堆的金幣、那一只古壺，以及高聲朗笑的魔神，全都一起沉落湖底了。

器子小姐

那具機器人堪稱巧奪天工。性別設定為女性。既然是人造的，當然要盡量做得漂亮些，因此納入一切美麗的特徵，雕琢成一名國色天香的美女，只是看起來有些高冷。話說回來，自古紅顏多高冷。

誰也沒考慮過要製造機器人。試圖造出一具能和人類一樣做事的機器人，無疑是白費力氣。真有那筆經費，倒不如拿去改良機械系統，提升生產效率。更何況急著找工作的人滿街都是，要幾個有幾個。

所以，這具機器人是興趣的產物。製造者是一家酒吧的老闆。這名酒吧老闆每晚打烊回到家後便滴酒不沾。在他眼中，酒只是用來賺錢的商品，除非必要否則不碰。金錢，從那些醉鬼身上賺得盆滿缽溢；時間，也多得需要消磨打發。既然有錢有閒，心想乾脆來做個機器人吧。這只是他的一項嗜好。

正因為出自興趣，才能造出如此精巧的美女。其外表的質地像極了真人的肌膚，簡直毫無二致，看起來甚至比一般女人更為光滑柔嫩。

可惜的是腦袋空空。他還沒空研發智力的部分。這具機器人只會簡單的答覆，動作也只能斟

那一夜，酒吧裡的燈光亮了一整晚，收音機的音樂也播了一整晚。一屋子的人誰也沒有離開，然而卻聽不見任何一個人說話了。

最後，收音機傳出「親愛的聽眾朋友，晚安」，播音結束。器子小姐跟著輕輕複誦一聲「晚安」。接下來沒有人開口了，表情高冷的器子小姐靜靜地等候著下一個提問。

喂——出來呀——

颱風遠颺，萬里晴空。

某個離市區不遠的村莊也遭受了風災，土石坍方的泥流沖毀了村莊外圍山腳下一座小小的神社。

風雨過後的早晨，獲知這個消息的村民來到此處之後忙著討論：

「那座神社有多少年歷史了？」

「好像從很久很久以前就在那裡嘍！」

「得趕緊重建一座才行哪！」

正當村民你一言我一語之際，又有幾個人到了這裡。

「真慘，根本片瓦不留呀！」

「神社的位置是這一帶嗎？」

「我記得應該再過去一點吧？」

就在此時，突然有個人大聲嚷著：

「快來看，這是什麼洞啊？」

大家湊上前一看，地上有個直徑約莫一公尺的洞穴。低頭往下探看，裡面黑漆漆的，彷彿通到地球的中心那般深不見底。

「是狐狸挖的洞嗎？」

甚至有人這樣揣測。

「喂——出來呀——」

一個年輕人朝著洞穴大喊，洞裡卻連回音也沒有。他隨手拾起一顆石子，打算扔下去。

「我勸你還是別扔，說不定會遭天譴哩！」

他不聽村中老者的告誡，使勁扔了石子。然而，洞裡依然沒傳出絲毫聲響。這些村民於是砍樹劈成木樁，並用繩子綁成一圈柵欄圍住洞口。完成防護措施之後，他們決定回到村裡從長計議。

「該怎麼處理才好呢？」

「不如照從前那樣，把神社蓋在洞穴的上方吧！」

眾人猶豫著難以達成共識，一天就這樣過了。記者很快就掌握到這則消息，駕著報社公務車趕來村裡。不久，學者也抵達了，端著一副無所不知的驕傲架子，朝洞穴的方向邁步而去。緊接著，看熱鬧的群眾出現了，貌似打著什麼主意的掮客也陸陸續續來到這裡。派出所的警察唯恐民眾不慎跌落，在柵欄旁邊派員輪班駐守。

一名記者在一條長長的繩子前端繫上一枚鉛墜之後垂下洞裡。他放了又放，繩子始終沒有觸底。他把整捆繩子都用完了，打算把繩子收回來，卻怎麼拉也拉不動，即使兩三人合力猛扯也扯不上來。最後，繩子被洞口的邊緣割斷了。

一名單手握著相機的記者見狀，默不作聲地把原本纏在腰間的那條結實的粗繩給解開了。

學者通知研究所，指示助理送來高性能的擴音器，試圖藉由洞底傳回來的聲波計算出深度。他嘗試了各種不同頻率的聲波，卻沒能收到任何回聲。學者不解為何有此情況，然而在眾目睽睽之下，由不得他就此罷手。

於是，學者把擴音器罩住洞口，將音量調到最大，就這樣播放了很長一段時間。若是在地表，那巨大的聲響足以傳到幾十公里遠，可是，這個洞穴依然把這樣的聲響吞噬殆盡。

學者暗自叫苦，表面上仍然裝作神色自若，鎮定地關掉擴音器，振振有詞地告訴眾人：

「把洞埋了。」

面對未知之物，最佳的方案就是讓它消失。

圍觀群眾得知沒有熱鬧可看了，只好準備打道回府。這時候，有個掮客從人群中鑽了出來，提出建議：

「請把那個洞交給我，我來幫你們埋起來！」

村長回答他：

「您願意幫忙埋洞，我們當然非常感謝，不過，不能把這個洞交給您，因為以後還得在那上面蓋回神社才行。」

「沒問題，日後由我負責蓋一座更富麗堂皇的神社送給貴村，還附贈村民廣場！」
不待村長開口，興高采烈的村民們嚷嚷起來：
「真的嗎？既然要蓋，離村子愈近愈好！」
「不過是個沒用處的洞嘛，送他就是了！」
事情就這麼糊裡糊塗地說定了。村長其實也覺得這個決定挺好的。
那名掮客並未信口開河，說到做到，果真在近處建蓋一座小神社與廣場送給這個村莊了。
當新神社舉行秋祭的時節，掮客成立的埋洞公司也在洞口旁搭建的一間小房子掛起了招牌。
掮客動用同行的力量在城市裡積極行銷，大肆宣傳市郊的村莊有個深不見底的洞穴，並且宣稱根據學者們的探測之後，其深度至少達到五千公尺，是核能廢料的絕佳棄置場所。
政府發給他處理核能廢棄物的許可證。核電廠競相與他簽訂合約。他向有些疑慮的村民們說明核廢料在數千年間絕對不會釋放出危害地表生物的物質，此外，他也提供村莊相對的補償金，因而得到了村民的同意。不久之後，甚至從村莊新闢了一條通往城市的寬敞道路。
一輛輛卡車奔馳在這條路上，載來了一只只防輻射的鉛箱。鉛箱被送到洞口後揭開箱蓋，將核廢料統統往洞裡傾倒。
外交部和國防部也將作廢的機密文件運來此處丟棄。在旁邊監督棄置過程的幾名公務員只顧聊著高爾夫，而負責棄置的那些作業員一面遵照指示投入文件一面大談小鋼珠。
儘管丟進了那麼多東西，洞穴卻沒有絲毫即將填滿的跡象。這有兩種可能，底部不是非常深，就是非常廣。埋洞公司的事業版圖逐步擴張。

大學做完傳染病實驗的動物屍體紛紛載來這裡，無人認領的街友屍體也交由這裡處理。相關部門開始規劃架設長長的管線將城市產生的汙物流到這裡排放，這樣遠比排放到海洋來得乾淨多了。

這個洞穴給城市居民帶來無比的安心。人們往往戮力於創新製造，誰也不願意花心思在善後工作上。這個棘手的問題在發現這處洞穴之後迎刃而解。

即將踏入婚姻的新娘把舊日記丟進這個洞裡。也有剛剛展開一段新戀情的人把自己和舊情人的合照扔到這個洞裡。警察將查獲的精密假鈔擲入這個洞裡，不再擔心會引發社會紛擾。罪犯們將犯案證據，從此高枕無憂。

洞穴，無言地接受所有一切人們丟擲進來的東西。洞穴，無言地為城市處理所有一切骯髒汙穢，海洋和天空都比以前澄澈清明多了。

一棟棟高聳入雲的摩天大樓逐一竣工落成。

某一天，在一處鋼筋大樓樓頂工地完成工作小歇片刻的營建工人，忽然聽見上方傳來一個喊叫聲：

「喂——出來呀——」

他抬頭張望，什麼也沒看到，只見一片蔚藍的天空。他心想，大概是聽錯了吧，於是恢復原本的姿勢。這時，忽然有一顆小石子從天而降，掉在他身邊了。

他渾然不覺有石子掉落，自顧自地欣賞著眼前這片愈看愈美的城市天際線。

我是殺手唷

某個度假別墅區。早晨，N先生正在林間小徑散步。他是一家大公司的老闆，每逢週末總是來到這裡放鬆身心，呼吸清新的空氣，聆聽一片寧靜中的鳥兒啾啾唧唧……。

忽然間，樹蔭下竄出了一個年輕女人。她衣著華麗，濃妝豔抹，笑靨如花地打了招呼：

「您好！」

N先生停下腳步，略顯猶豫地問道：

「可否請問是哪一位？很抱歉，一時想不起尊姓大名。」

「您自然想不起來，因為我們素未謀面。今天來到這裡是有件事想麻煩您……」

「可是，妳是什麼人呢？」

「如果表明身分，您一定會吃驚的……」

「別擔心，我向來泰山崩於前而色不變。」

「我是殺手唷！」

女人答得很乾脆。N先生覺得眼前的女人看起來連隻螞蟻都不敢踩死，於是笑著回道：

「說笑了……」

「我沒必要特地來到這裡跟您開玩笑吧？」

女人的語氣和表情都相當嚴肅。N先生這才察覺情況不對，倏然感到一股寒意襲來，臉色發白地急促說道：

「想必是那個傢伙安排的！真沒想到他竟敢採取如此卑劣的手段！慢、慢著……求求妳，千萬別殺我啊！」

聽到N先生的一再央求，女人告訴他：

「請別誤會，不會取您性命。今天不是來殺您的唷！」

「這是怎麼回事？殺手在這裡埋伏，卻說目的並非殺我。殺手不是專做殺人的生意嗎？」

「您不須貿然斷定，殺手也可能是來談生意的。請問有沒有想交辦的事呢？」

N先生這才弄清楚狀況，鬆了口氣。

「原來如此，把我嚇了一跳。不過，目前沒有需要委託妳的工作。」

「您瞞不過我的。剛才不是說了『那傢伙』嗎？您口中的那傢伙，是指G產業的董事長吧？」

「沒錯，本公司是G產業最大的競爭對手，要想在商場上獲勝，難免會使出非常手段。反過來說，G產業同樣是本公司最大的競爭對手。不怕妳見笑，坦白說，我也不是沒有暗自詛咒過他快快去見閻羅王。」

女人頓時兩眼放光，湊上前去說：

「請務必由我為您效勞！」

「願聞其詳……」

「只要把這份任務交給我，保證萬無一失，使命必達！」

N先生打量著眼前的女人，怎麼看都不像是做那一行的人，也不像養了冷酷無情的嘍囉可以指派去痛下毒手。他思索片刻之後，開口答覆：

「請恕婉拒提議。我憑什麼相信妳呢？萬一功虧一簣，供出幕後指使者是我，這輩子豈不是全毀了？我可不想冒那麼大的風險除掉他。」

「我明白您的顧忌，不過，請不要拿那些從小說或電視上看到的情節來想像殺手的工作。我才不會用開槍、下毒或製造車禍那些常見又容易被識破的手段完成任務呢！」

「那麼，妳會用什麼方法殺人呢？」

「我用的是絕不會啟人疑竇的死法，也就是病故。」

N先生皺起眉頭，露出無奈的笑容。

「別開玩笑了，天底下哪有那種方法呢？我問妳，一個好端端的人要怎麼讓他生大病呢？」

「您不妨把它當成一種死亡詛咒吧。」

「愈說愈離譜了！不好意思，請問妳的精神狀態正常嗎？要不要上醫院檢查一下呢？」

女人並沒有理會N先生投向自己那充滿嘲諷意味的視線，繼續說明：

「若是覺得死亡詛咒這個詞彙聽起來太陳腐荒謬，也可以換個比較現代的說法。只要透過巧妙的手段，大幅提高壓力指數，就能讓目標對象心臟衰竭乃至於死亡。根據現代醫學的研究結果，壓力是……」

「這回又搬出深奧的長篇大論來了。言而簡之，就是讓他自然死亡，對吧？但是，我還是半信半疑，怎麼可能如此天從人願呢？」

N先生雙手抱胸，滿腹狐疑。女人明白他的疑慮。

「您是不是擔心我說得煞有介事，等錢到手了就逃之夭夭？關於這點，敬請放心，事成之後再支付報酬即可，也不需要預付訂金。」

「可是……」

「我還會向您保證完工期限。雖然很想約定在三個月以內完成，不過還是保守一點，請您等待六個月，必定送上令您滿意的成果。」

「妳還真是信心滿滿。但是，難道不擔心事成之後我不付酬金嗎？」

「只要見識過我的手腕，您一定會支付的。」

「是嗎？既然如此，就交給妳去試試吧。倘若成功，必將重禮答謝；功敗垂成，也於我無損。即使在動手的過程中被人發現了，應該沒有足夠的證據牽連到我身上。」

N先生經過一番慎重思考，終於點頭允諾了。

「好的，敬請靜候佳音！」

女人說完，快步離開了。N先生目送她的背影離去，疑信參半地嘀咕著：

「這女人太奇怪了。真能辦得到嗎？反正不拿訂金，我也不吃虧。」

不料，過了四個多月，早把這事拋到腦後的N先生接到了一則消息——那家G產業的董事長在醫院治療無效，死於心臟病了，病逝後也沒有引起警方的懷疑而著手偵辦，順利辦完喪禮了。

幾天後，N先生又到別墅附近晨間散步，上次那個女人已在林間小徑恭候多時了。這回，N先生主動打了招呼：

「真沒想到妳的手腕居然如此高明！託妳的福，本公司應該可以超越G產業了。不過，到現在我還不敢相信這是真的。」

「我答應的任務確實完成了。那麼，請支付酬金。」

N先生心想，萬一拒不付款，說不定就輪到自己被暗殺了。

「我知道，這就給錢。」

「感謝惠顧！」

女人收下款項，與N先生道別，返回市區。她沿途留意有無遭到跟蹤。要是被弄清來歷，日後工作就不方便了。

回到家後，她換上樸素的衣服，改為淡雅的妝髮造型，然後出門上班。到了職場再換穿工作服，搖身一變成為名副其實的白衣天使。院內許多醫師對她十分倚重，因此多半有問必答。

「醫師，剛才那位患者病況如何呢？」

「不太樂觀。老實說，只剩五個月吧，再長也不會超過八個月。但是這件事絕對不可以告知患者本人和家屬，以免造成嚴重的心理打擊。」

「當然，我絕不會說溜嘴的……」

她本來就不打算讓病患本人和家屬知道真相，不過，她會去翻找病歷，查出地址和職業，以及對患者心懷怨恨的人，或是商場上的競爭對手……

訪客

天空中忽然出現一個圓盤狀的物體，在太陽的照射下閃耀著銀色的光芒，緩緩地降落在郊外一處空地上。

「糟了，外星人來啦！」

「趕快報警……不對，應該通知軍方，還有外交部！……咦，還是該打電話給天文台？」

群眾七嘴八舌地站在遠處圍觀。不久，那個物體悄然騰空而起，升到空中之後消失無蹤了。

「啊，飛走了！一下子就不見了，好無聊喔。」

然而，事態並未就此落幕，而是接下來那場混亂的序幕。當那個物體飛離之後，在地面上留下了某種東西。

「快看！那是什麼？」

眾人紛紛伸手指向前方。遠遠地，站著一個身穿金色緊身衣的人物。

「一定是搭乘剛才那個飛行物，來自其他星球的生物！」

「來地球有何目的呢？」

大家的心底同時升起一股不安，其中一人開口說了出來：

「這該不會是侵略地球的前兆吧……」

長久以來，人類歷史充斥著相互侵略，因此一見到外來者立刻聯想到侵略者。

「可是，就憑他一個……？」

「別忘了那可是足以製造與操控那種高科技飛行物的星球！憑他們的科技力量，只要派一個來就綽綽有餘了。接下來肯定要發生可怕的災難啦！」

正在民眾惶惶不安之際，軍隊帶著最新型裝備抵達此地了。

「請各位民眾盡快疏散！保護國民的安全是我們的義務！」

這番精神喊話讓民眾彷彿吃下了一顆定心丸。軍方立刻控制現場，全身穿戴毒物暨輻射防護衣的大批年輕士兵採取了迅速確實的行動，使用雷達定位將火焰噴射器和導彈鎖定了目標，接下來就等待長官下達攻擊命令了。可是，命令遲遲沒有下達。因為政府高層尚未做出決定。

「我們必須盡快安定民心。既是非法入侵，以武力清場是天經地義之舉！」

這是激進派的意見。

「不行，這應該是和平使者，應當立刻停止攻擊行動，包圍即可。」

這是保守派的意見。

「兩派說法都有道理，然而不得不慎重其事。那是一個巧妙的圈套，說不定是刻意引誘我們動武，藉此理由大舉反攻。這是相當常見的戰術，萬萬不可中了對方的計謀。話說回來，毫無顧忌地輕易靠近也相當危險，建議不如在警戒之下詢問來意。」

這種意見占了大多數，屬於地球人最典型的思維。於是，高層指派一名菁英外交官，在軍隊的戒備之下靠近那個外星生物。於是，那名背負眾人期待的外交官，開口說了第一句話：

「請問閣下聽得懂我的語言嗎？」

外星人點了點頭。外交官乘勝追擊，露出滿面笑容地繼續說話：

「歡迎光臨地球！想必閣下是帶著善意前來，我方亦企盼如此。地球不僅在文明發展上與貴星球齊足並馳，於愛好和平與文化方面也與宇宙間的所有星球並駕齊驅，很高興有機會相互交流。倘若有任何需求，我將為閣下轉達。話說……」

外交官極力展現男子氣概，挺起胸膛，抹去汗水，笑意盎然，倏地鞠躬哈腰，努力展現誠意。

與此同時，他在盡力保持理性之下滔滔不絕，直至聲嘶力竭。然而，外星人只默默地搖了頭。外交官垂頭喪氣地離開了。

「早就料到會是這樣的結果了。這般重責大任居然交給官員，簡直成事不足敗事有餘！論交際手腕，還是民間人士來得強，一切包在我們身上！」

誇下如此豪語的是經濟團體聯合會[1]的一群幹部。他們觀察了剛才的交涉過程，很快地發現外星人似乎並無敵意。

---

1 由日本各大上市公司組成的企業界社團法人。

「沒錯，那個外星人一定是來談貿易的。任何一個星球上的生物都希望提升生活品質。」

他們立刻著手安排，在那個立定不動的外星人面前呈現一場汽車遊行。當然，每輛車子上面都展示著五花八門的商品。

企業家們緊張地盯著看外星人會喜歡什麼樣的商品，可惜始終不見它點頭。就這樣，直到所有的車子都經過外星人的面前之後，他又搖了頭。

外星人來到地球究竟有何目的？人們愈發疑慮不安。而這正是新興宗教大顯身手的時刻。從事情發生之後，不斷在人群中嘀嘀咕咕的某一批人士，這時站了出來。

「我們從一開始就說了，偏偏沒人相信！那一位是天神派來凡間的尊貴使者哪！結果呢，看看你們做了什麼好事？不是以同等地位自居，自命不凡地笑著想和天上使者交朋友，不然就是擺出一大堆東西企圖做生意。你們知不知道羞恥？這可是會遭天譴的！趁現在還不遲，大家趕緊跪下來懺悔謝罪吧！」

誰也找不到理由反駁他們的建議。從歷史上來看，人類正是經過無數次的嘗試與失敗，才能發展到今日的榮景。所以，只要有一絲可能，何妨一試呢？

於是，改由這批信徒上場，在外星人面前跪地膜拜，虔誠地祈禱了很長一段時間——「我天上的神，我們已經知錯了，請赦免所有人類的罪！請拯救我們！請指引我們！……」

可是，那個外星人聽了一陣子，依然面無表情地搖了頭。一名男人見狀，馬上衝出人群大喊：

「你們這群傢伙真是太冒失了，哪有人這麼沒常識的！根本不需要鑽牛角尖，按常理推斷就知道該如何解決這個問題了。當一個人隻身遠渡重洋而感到寂寞時，最需要的是什麼呢？任何人都曉得這個答案——那就是性愛呀！即使來自其他星球，不也一樣是生物嗎？結果你們居然把人家奉為天神的使者，這樣他怎麼會滿意呢？設身處地著想，才是最上乘的款待方式。交給我就搞定了！」

這位突發奇想的男人不知道從什麼地方帶來了一群身材玲瓏有致的美女，大抵是憑其三寸不爛之舌加上銀彈攻勢才取得了她們的首肯。男人的盤算應該是，只要能把外星人伺候得服服貼貼的，區區這筆投資必可立刻回收吧。

充滿魅惑的音樂響起，眾家美女褪去衣裝，擺動誘人的舞姿逐步靠向外星人。儘管美色當前，外星人又一次搖了頭。

「哎，看起來似乎不感興趣。這該怪我思慮欠周，但是不至於完全弄錯方向。我只是把那位外星人的性別想反了而已。從剛才的反應看來，人家肯定不是男生，而是女生！接下來，我要根據這項理論基礎，採取正確的行動對策了。好在我本人不但是相貌俊美，還擁有一身精壯的肌肉！」

在更加激情的音樂聲中，他脫掉衣服，展示自豪的肉體，還不停地擠眉弄眼，端起一杯酒慢慢湊上前去。可惜外星人仍舊無動於衷，依然搖了頭。至此，人類的智慧幾乎已是燈枯油盡了。

就在這一刻，一名表情認真的少年跨步向前，手裡握著一柄鐵鎚。

「這簡直是一場鬧劇，我以身為人類為恥！要是人類這麼愚蠢，根本不應該存在於地球上，乾脆統統毀滅算啦！」

說完，他那純真的聲音倏然吶喊，衝了過去。

「你在幹什麼，快住手！」

民眾試圖阻止他，卻由於事發突然，晚了一步。那柄猛然落下的鐵鎚擊中了外星人的頭部，外星人應聲倒下。

「天啊，你鑄下大錯啦！完了，根本不敢想像這將招致多麼可怕的後果了……」

人們拉開了少年，召集了醫術最高明的醫師群。

「快點治好！要是稍有差池，人類將面臨前所未見的災禍。」

然而，應邀前來的諸位名醫在診察之後，紛紛露出困惑的表情。

「我們沒辦法救治。」

「現在不是客套推辭的時候，而是所有人類命在旦夕的緊要關頭哪！」

「可是，這已經超出我們的能力範圍了。因為這是一具機器人。」

「什麼？您們說什麼？」

「請看這對眼睛，其實是製作精巧的小型攝像鏡頭。還有，這個是天線。想必剛才的過程，全都透過這些裝置發送到某個地方了。」

在綠色陽光照射下的這顆星球上，到處都爆出一陣陣哄堂大笑。

「沒想到結尾居然如此戲劇化。剛才為各位觀眾呈現的是連連創下高收率佳績的電視節目《星際巡航》。今天這集是由當地居民自稱為『地球』的某星球進行實況轉播。透過這次轉播，看到了當地居民奇特的思考方式以及風俗習慣等等，希望大家喜歡今天的節目。下一集，我們將帶您前往……」

奇藥

朋友來到K先生家中做客，不禁讚嘆：

「你還真喜歡調製藥品呀！不管什麼時候來，總是見你不是在攪拌就是在加熱。成功了嗎？」

「快向我道賀吧！我終於研發出一種很厲害的新藥了，就是這個！」

K先生指著一罐藥粉。朋友邊打量邊問說：

「恭喜！這是什麼藥？」

「感冒藥。」

「和市面上的感冒藥相比，哪些功效更強呢？」

「現在就讓你見識它的效果！」

說完，K先生服用了一些藥粉。朋友不解地問說：

「可是你現在又沒感冒，要怎麼讓我見識它的效果呢？」

「別多問，看了就明白。」

不久，K先生開始咳嗽了。朋友擔心地伸手摸了摸K先生的額頭。

「發燒了？這是怎麼回事？」

「別大驚小怪，這不是治療感冒的藥，而是讓人染上感冒的藥。」

「什麼不好做偏要做出這種藥，你在想什麼啊！拜託別傳染給我喔。」

「用不著緊張，再等一下吧。」

過了一個鐘頭左右，K先生不再咳嗽，高燒也退了。朋友露出了更為訝異的表情。

「痊癒了？」

「我解釋給你聽。只要服用這種藥，表面上看起來和罹患感冒的症狀完全一樣。不過，雖然症狀相同，但是服藥者並不會不舒服，對健康也沒有任何傷害。過了一個小時之後，就會恢復正常狀態了。」

「真是奇怪的藥。可是，你做出這種藥，有什麼用處呢？」

「當然有用，可以用來請假呀！也就是說，服用這種藥就能偷懶不去上班了。」

聽到這裡，朋友總算恍然大悟。

「原來如此，這樣我懂了。有這種藥可真方便，萬一被指派了不想做的工作，只要吃下它就不必接辦，太美妙了！一定要分一些給我！」

「看吧，見證效果之後你也想要了，對不對？那有什麼問題，讓你帶些回去。」

K先生將藥粉分裝到另一個小罐子裡，朋友收下後歡天喜地回家去了。

過了一段時日，這天換成K先生到朋友家做客了。朋友熱情邀約，說要為他慶生，務必賞光。

用餐時，K先生突然面露痛苦地說：

「肚子忽然痛了起來，抱歉，先告辭了！」

朋友聽完有些慌張，但隨即想起前陣子的事，說：

「別演了，你覺得我家不好玩，想早點回去吧？再多待一會兒嘛。」

「我沒演戲，是真的很痛！」

K先生臉色發白，冷汗直淌，渾身發軟。可是，朋友不相信他的話，不肯讓他走，笑說：

「你這次研發的藥比上次的感冒藥效果更逼真喔！也對，每次都用感冒當理由，日子久了想必會引人懷疑，偶爾得改用腹痛當藉口。」

然而，一個鐘頭過後K先生仍然不見好轉，甚至症狀加劇。朋友直到這時才覺得或許他並非裝病，急忙請醫師出診。趕來家裡的醫師一面為K先生治療，一面對朋友說道：

「還好救回來了，再晚一點可就回天乏術了！為什麼不早點聯絡我來看病呢？」

自從撿回一命之後，K先生再也不敢研發這類稀奇古怪的藥物了。

月光

皎潔的月光，從玻璃天窗靜靜地灑落；閃爍的群星，一同在這偌大的房間上方演奏著無聲的交響樂。房間一隅擺著好幾盆百合花，每一盆都綻放出十數朵沉甸甸的大花，不停地散發出幾乎令人窒息的濃郁香氣。

另一側的角落有個小池子，冷冽澄澈的池水飄著睡蓮，從壁面的出水口不停噴出的水珠輕輕滴落，在池子上漾出一圈又一圈漣漪。冷涼的水漫過大理石砌造的池緣，流淌在磁磚地面上，隨後消失於無形。這裡是他飼養寵物的密室。

他的寵物正躺在地上沉睡，身軀呈現一種優美的線條，在月光映照下的流水緩緩地洗滌著腳尖。

「喂，去拿飼料過來。」

飼主是一位年近六十的優雅紳士。一如往常，在進入這個密室之前，先吩咐七旬老僕備妥糧食。

「遵命。請問今天要準備什麼呢？」

「讓我想想。派、泡芙和哈密瓜吧。」

「這就去辦。」

他往菸斗裡點火，叭嗒叭嗒地吸了幾口，菸氣裊裊上升。不久，老僕端著一只大銀盤回來，上面堆滿主人囑咐的食物。他將菸斗擱在桌上，接過銀盤，打開門扉。

開門聲使寵物醒來，起身後輕快地踢著一顆大皮球來到主人的跟前，無比欣喜地挨靠上去，水翦雙眸仰望著主人。

他蹲下身來，讓寵物倚在自己的膝上，右手摩挲著寵物雪白的美背，左手從擱在地上的銀盤裡拿起一塊派餵食。他端詳著寵物吃下食物的模樣，臉上滿是難以言喻的愉悅神情。

寵物那頭亮麗的長髮隨著從壁面上的裝置送入的徐徐微風微微飄動，在月光下更顯得閃閃動人。寵物不時抬起那對細長的眼睛凝視主人，他也總是回以溫柔的目光，並在心裡低聲告訴自己：「想必不會有人和我一樣擁有如此美妙的寵物了。」

寵物，是一名十五歲的混血少女。混血的少女並不罕見，但是，如同他的寵物這樣的女孩，世上應該只有她一人。十五年前，他收養了這個剛出生的女嬰，細心呵護她長大。幸而他繼承了父母的龐大財產，以及原本聽從父母使喚的一名忠心耿耿的僕人。不僅如此，他還是位在大醫院工作的醫師，過著相當優渥的生活。因此，他才能抱回這名女嬰，無微不至地帶大她。

然而，他在飼養寵物的這段歲月裡，連一個字都不曾對她說過。他必定親手餵養，鮮少讓老僕踏進房裡一步。非不得已的時候，一定叮嚀老僕絕對禁止發出聲音，而老僕也總是恪守主人的命令。

去。

他認為，人類不需要語言，語言只會稀釋情感。人類由言語得來的情感，也必將因言語而失去。

這個寵物美麗的軀體裡，充滿著他所灌注的愛意。除此之外，再也沒有其他東西了。在這個靜謐的房間裡，也同樣沒有任何一件醜陋的凡俗之物。

他撫著肩頭，餵食乖巧的寵物吃下了最後一口哈密瓜。寵物向飄著睡蓮的池子一溜小跑，在出水口底下伸手接了一些水喝。清水從她的指間淌落，沿著她潔白的軀體滴落水面，閃閃發亮。喝完水的寵物坐在池緣，張著那雙大眼睛凝視了主人好一會兒。

他將寵物吃剩的飼料收攏到銀盤，擱在牆壁的架子上。接著，他伸手召喚寵物過去，以青色的緞帶繫起她的頭髮，然後指著橫掛在房間正中央的銀色單槓，示意她去做餵食後的固定運動。

寵物那苗條的身軀猶如彈簧似地一躍而上，在這充滿銀白光暈、宛若海底世界的空間中，劃下一道道純白的圓弧。每一次旋轉，綴在緞帶上的小鈴鐺即如流星一般閃爍即逝，叮噹作響，挑逗著壁面噴出的清水，攪亂了百合花的芬芳。

鈴聲倏然停止，那布滿汗珠的肌膚泛著淺淺的粉紅。寵物看了過去，見他點頭允諾，這才跳入池內，池水應聲飛濺而出，於磁磚地面上跳躍舞動。

他的每一晚皆是如此揭開夜幕。黑夜，在靜默中漸漸深沉，明確地展現了語言的毫無意義。白天，寵物沐浴在從玻璃天窗灑入的陽光中安然睡去，直到主人回家的時刻才醒來。

如夢似幻的甜蜜之夜。這是他斷絕一切娛樂，投注了十多年光陰所換得的果實。較之他的忍耐和努力，這是一項很公平的交易。

他總在深夜時分才入睡，用過早餐之後餵食寵物，再帶著暢快的心情騎自行車去醫院上班。當寵物睡覺的午後時段，這個靜悄悄的家中唯一的動作是老僕偶爾慢吞吞地從房間外頭調節裡面的室溫，伺候完了，連老僕自己都在不知不覺中靠著椅子打起盹來，屋裡只有寧靜的時光慢慢流逝。

然而，某一天，這個舒適平靜與洋溢幸福的家，忽然遭到了一場無形風暴的侵襲。坐在椅子上打著瞌睡的老僕，被一陣急促的電話鈴聲給驚醒了。

「喂？事情不好了！」

「您好，請問發生什麼事了呢——」

老僕反問。

「府上主人剛才出了車禍，身受重傷！」

「是真的嗎？」老僕握著話筒，重又坐回了椅子上。「目前狀況如何呢？」

「傷勢非常嚴重。目前意識模糊，不斷喃喃自語，反覆唸著得餵飼料才行。我們不明白他的意思，如果府上有養狗，麻煩幫忙照顧。」

「好的——」

入夜以後，老僕開始發愁了——該怎麼餵飼料才好呢？老僕依照主人慣常的吩咐，在銀盤擺上奶油蛋糕和柳橙等食物，戰戰兢兢地開了門。開門聲使得半夢半醒的寵物高興地睜開眼睛，一看到老僕的身影，趕緊跳入水池裡，躲進蓮葉底下。

「主人受傷了，今晚沒辦法過來，把這些吃了吧。」

老僕不假思索地轉告她，可是寵物根本聽不懂。不僅聽不懂，還被有生以來第一次聽見的說話聲嚇得瑟瑟發抖。老僕一再嘗試模仿主人的動作，卻和這間密室的氛圍格格不入。老僕心想，大概是自己待在房裡才不敢過來吃，於是把銀盤留在磁磚地面，走出了門外。

可是，過了一段時間，老僕偷偷窺看裡面的狀況，銀盤上的食物絲毫不見減少，只見寵物仍舊坐在池緣痴痴地等候。因為她進食時，需要主人的呵護憐愛做為佐餐。

翌日早晨，老僕撥了電話到主人接受治療的醫院詢問情況，得知了主人尚未脫離險境。

「我可以過去探病，請主人說幾句話嗎？」

「怎麼可能開口講話呢！如果只是來探望病人，倒是無妨。」

老僕原本打算想辦法把寵物帶去病床邊餵食，看來這個主意是行不通了。

老僕進入密室，換了新的飼料，還放上主人常餵她吃的泡芙。

「求求妳，快吃吧！否則等到主人回來以後，我可要挨一頓臭罵——」

老僕手足無措，急得都快掉淚了，卻還是無法讓寵物明白他的意思。到了晚上，銀盤上的飼料仍舊維持原狀。臉色蒼白的寵物消瘦了些，正湊向百合嗅聞著花香。

隨著主人的傷勢惡化，寵物愈發慘白瘦瘠。老僕思索著是不是該請醫師來家裡診察寵物的健康狀態，可是一旦這麼做，他就得提交辭職書另覓生計了。老僕坐立難安，一下子想去看看寵物

他一出票閘口就被我抓個正著，旋即把這個外貌文弱的男人帶到了車站旁空蕩蕩的昏暗公園裡，反覆逼問。

「喂，為什麼要把我推下月台？」

我對這個一副窮酸樣的矮小男人沒有絲毫印象。一個陌生人竟想殺我，實在令人發毛，非得問個清楚不可。

「我才沒有推你呢！」

他只反覆回答這句話，而我也不斷重複同樣的質問：

「為什麼想殺我？」

「我只是搭那班電車出站而已，為什麼要找我的麻煩呢？」

他一再狡辯。我忽然想起一幕，大吼反問：

「那為什麼你出站時用的是月台票呢？」

這句話立刻令他啞口無言。

「假如你還是不肯從實招來……」

暴怒使我失去了理智，不自覺掏出鋼筆放進他的指縫，並且用力捏緊左右兩根手指。為了得知理由，我不惜使出如此殘酷的手段。他忍不住發出一聲慘叫，隨即開口：

「我說我說！」

「快說！你跟我有仇嗎？」

我把鋼筆收進口袋裡，兩手用力揪住他的衣領。

「我跟你無冤無仇，今天還是第一次見面。」

「既然如此，為什麼要推我？」

那男人沉默下來，我使勁搖晃他。

「我是受人之託！」

原來是受人之託。難怪我對他毫無印象。

「是誰委託的？」

我又用力搖晃，他這才不情不願地供出了一個男人的姓名和地址。然而，我同樣不認識那個名字。

「你曉得那個男人為什麼要殺我嗎？」

「不知道，他沒告訴我那麼多呀……」

看來，眼前的男人已經把知道的訊息統統都交代了。我惡狠狠地瞪了這個輕易受託殺人的男人好幾眼。

「為什麼人家要你殺人，你就乖乖聽命行事呢？」

「您說得是，就算是受人之託，也不應該如此輕易答應動手殺人。」

他的回答更讓人不解了。

「既然如此，為什麼決定動手？」

「因為剛好有兩個人來拜託我同一件事，而且他們都說會支付一筆相當可觀的費用，所以我一時鬼迷心竅。」

「那一個傢伙叫什麼名字？」

他似乎察覺只要供出那個姓名，自己就能卸責脫身了，於是把另一個名字也說了出來。可是，我同樣不認識那個名字。

「這個男人和剛才那個是一起來拜託你的嗎？」

「不是，分別委託我的。兩人好像互不相識。」

「我知道了。再繼續折磨你，似乎也問不出有用的資訊了。」

我將問得的兩個姓名與住址抄在記事本上，放了面前的男人。

翌日，我按著其中一個地址找了過去，成功把那個男人帶到了附近空地的角落。

「你倒是解釋一下為什麼要委託那傢伙來殺我？我不記得見過你，到底和我有什麼深仇大恨呢？」

「我不明白您在說什麼……」

我沒相信他的託詞，和昨天一樣逼問到底。最後，與其說害怕我掏出來晃了一下的刀子，對方更恐懼我凌厲的目光，終於放棄了抵抗。

「我們沒有仇，只是有兩個人來拜託我相同的事。可是我不敢殺人，只好去拜託那個男人了。」

他的回答和昨天的男人相同。我把他招供的兩個人的姓名和地址抄在記事本上。

「他們兩人彼此認識嗎？」

「看起來不像。」

接著，我說了昨天那男人供出來的另一個名字。

「你認識這個人嗎？」

我再次不顧一切使出了逼供的手段，然而他似乎真的毫無所悉。

「照這麼看來，你的確並不知情。好，我去會一會這傢伙，問個明白！」

我把整整一冊記事本都寫完了，到現在還沒有找到企圖殺我的始作俑者。

只是，有時候腦海裡隱隱約約浮現一個念頭——這世上的每一個人都對我懷有殺意。

附體計畫

「請進，快開門進去呀！」

在所長的催促下，我滿懷期待地推開門，立刻瞪大了眼睛。門裡的房間很暖和，厚厚的地毯上蜷伏著一個美人兒。她聞聲，慵懶地抬起頭凝視著我。被這樣一個美女深情一望，我真想將她擁入懷裡。

在浩瀚的宇宙中，還有太多未知的狀態等待人類前去挑戰。所以，為了讓人類能夠順利到宇宙探險，必須進行各種提高人類能力的學術研究。

這類研究的其中一個項目名為附體計畫，我為報導這項計畫而來到了這間研究所採訪。

「可以靠近一點觀察嗎？」

我指著蜷在地上的美女，竭力露出內心的澎湃，以記者的專業口吻詢問。

「沒問題，請自便……」

所長回以一本正經的語氣允許了我的請求。我在美女的身邊蹲下，她那極具誘惑的柔嫩身軀隨即蹭上來。這是夢嗎？那軟綿綿的觸感令人心猿意馬，我頓時忘記所長的存在，將她一把抱了過來。沒想到她反射性地叫了一聲「喵——」，同時伸出指甲撓了我的臉。

「請小心……」所長若無其事地提醒我，接著摸了摸她的頭並且安撫說道，「要乖喔！」

美女安分下來，蜷回地面。

「她剛才為什麼用指甲抓了我呢？」

「這位小姐目前是貓附體的狀態。」

「貓附體？」

「是的，我還沒向您仔細說明。本研究所正在進行一項實驗，主旨是驗證由『狐狸附體[2]』得到的靈感所推演而成的理論。我們嘗試讓不同的動物附在人體上，藉此增強人類的能力。最近的幾次實驗結果，成功附體的動物種類愈來愈多了。」

「哈哈，難怪剛才那位小姐喵了一聲，還抓傷了我。那麼，貓附體有什麼作用嗎？」

「當然有！貓附體的強項在於從高處往下跳。太空船緊急降落時會受到很大的衝擊，一般人類與貓附體的人類相較，後者的耐受力多了好幾倍。」

「原來如此……」老實說，我到這一刻依然忘不了剛才美女貼在身上時的那種觸感。「……我想，不單可以運用在太空航行上，對於家庭生活應該也有正面的效用。」

「以後應該會發展到那個層面吧。不過，可以想見到時候指甲護套肯定銷量奇佳。」

我們移到了下一個房間。有個四肢著地的男人爬了過來，我連忙請教所長：

2　日本民間傳說中有種病症稱為狐魅疾，亦即人類被狐狸的邪靈附身，導致行為舉止異常的現象。

「請問這種附體的動物是溫馴的嗎？」

「是的，您猜是什麼動物附體呢？」

「猜不出來……」

我手裡拿著筆記本，靠近一點。忽然，男人一口含住筆記本，試圖咬下一角。

「哈哈，我知道了，是山羊附體！」

「猜對了！原本想培育出豬附體，但不知道什麼原因，到現在還沒辦法成功。於是，先做了山羊附體的先驅實驗。」

「豬附體成功了，有什麼好處呢？」

「去到其他星球之後，如果遇到糧食缺乏的狀況，只要登陸者是豬附體的人類，任何東西都能吃下肚去。」

太空探險還真不是件輕鬆的事。我想像著自己在太空基地變成豬附體，吃著菜屑和剩飯的模樣，不禁一陣反胃。

「還有什麼其他種類呢？」

在我的詢問下，所長領著我來到下一個房間。門框上嵌著許多支相當粗的鐵欄杆。

「請保持適當的安全距離。」

我正想從欄杆之間探頭窺看，所長立刻提出警告。房裡有個胖男人，眼神十分溫和。

「看起來挺溫馴的呀？」

「是的，平時很溫馴，但是不久前把一個人踩成了重傷，之後我們就嚴加防範了。」

「這是哪種附體呢？」

「在建設基地時，非常需要大量的勞動力。這時候，只要培育出現這個男人一樣的大象附體即可。」

接著來到一個特別挑高的房間，裡面有個孩童蹦蹦跳跳的。

「跳得真高啊！」

「這是兔子附體。」

「以跳高能力來說，青蛙附體不是能夠跳得更高嗎？」

「目前的實驗階段，還不能做出像青蛙那種低等生物。」

「那麼，蛇附體也還不行吧！」

得知人類暫時不會變成蛇附體，我稍微鬆了一口氣。

「話說回來，我們也擔心只有哺乳類動物附體，是否足以應付在太空中遇到的一切狀況。況且，與其把心力花在研究爬蟲類附體上，不如用來研究適合攀爬懸崖峭壁的附體，到底該選擇松鼠還是猴子才好。現在還有很多諸如此類有待盡快探討的問題。」

「請問目前的最新研究是什麼種類呢？我想看一看。」

「那麼，請往這邊走……」

所長繼續領著我來到另一個房間。

「這是一種叫做樹懶的動物附體。研究的過程歷盡千辛萬苦，好在終於成功了。」

只見那個樹懶附體在房間的角落，動也不動。

「唉，連動都不動，一點用處都沒有呀！」

「此言差矣。在漫長的太空航行期間，為了阻絕太空人心浮氣躁，甚至與同僚發生衝突，樹懶附體再好不過了，而且還不會像使用藥物壓抑心浮氣躁那樣產生副作用。多虧成功培育出樹懶附體，人類才得以進一步從事長距離的太空航行。」

所長帶我參觀了一圈，最後回到所長室。

「非常感謝所長帶我看了許多有趣的研究。最後還有個不情之請，可以實際展演附體的過程嗎？」

「可以。您想看哪種附體呢？」

「那麼，我想看最簡單的狐狸附體過程。」

所長一聽，嚴肅的面容露出幾分苦澀的笑意，答道：

「很有道理。狐狸附體雖然對於太空航行沒有任何幫助，卻是這一切研究的理論基礎。不過，一開始做狐狸附體的實驗時，我們失敗了非常多次。」

「請問是否具有危險性……」

「不，沒有任何危險性。不巧一時找不到其他適當人選，就由我來展演狐狸附體的過程吧。」

「勞您大駕。不過，到時候會不會變不回來呢？」

「請放心，我會先設定時間，五分鐘後就會恢復原貌了……」

所長把一只金屬項圈戴到脖子上，並且告訴我：

「請按下桌面那個裝置的按鈕，如此一來，電波傳輸到項圈上，我就會變成狐狸附體了。」

我按下了桌上某個裝置的按鈕，隨即傳來隱約的電波嗡嗡聲，所長也立刻化為狐狸附體，發出了狐狸的叫聲。

前一刻還是道貌岸然、一臉嚴肅地為我講解的所長，突然嘟起嘴巴淒厲地嚎叫，跟著做出奇怪的動作。那模樣實在讓人忍不住捧腹大笑。

我笑得前仰後合，甚至還笑到岔了氣。笑著笑著，口也渴了。可是，環顧整個房間，沒瞧見能接水來喝的水龍頭。

就在這個時候，所長忽然端了杯東西給我。不知道是什麼時候準備的，也許是從辦公桌底下拿出來的吧。定睛一瞧，原來是一大杯啤酒。

所長還真周到。我接過那個啤酒杯，在所長詭異手勢的催促下，儘管心生狐疑，還是仰頭灌下一大口上面浮著泡沫、溫溫熱熱的黃色液體。

溽暑

某個夏日的午後。連一絲風都沒有，悶熱的空氣在原地停滯不動。躲在陰影下的狗兒，動也不動地酣然大睡。街角那棵高聳的梧桐樹，沒有任何一枚葉子擺動。

位於那棵樹下的派出所裡面同樣飽受夏暑之苦。員警坐在一張小辦公桌前閱讀文件，卻熱得連一個字也裝不進腦袋裡。

忽然間，有個貌似忠厚的年輕男子站在派出所前，彷彿是從這濕熱的空氣中誕生的。那名男子朝派出所裡面問了一聲：

「不好意思，請問可以逮捕我嗎？」

員警緩緩地回頭反問：

「嗄，你說什麼？請進，坐著慢慢說吧。」

說著，員警指著旁邊那張老舊的椅子示意對方坐下。

「哦，您願意聽我的苦衷，然後逮捕我嗎？」

「原來你是來自首的。在聽完來龍去脈以後，也許可以請總局派員執法。那麼，你做了什麼事呢？」

員警稍微提高了警戒問道。

「不，我還沒有做任何事。」

「那麼，是否受託去恐嚇某人，或者傷害某人呢？」

「沒有，我想說的不是那類事情，而是我快要做出不該做的事了。」

員警抹了把汗，抬起頭來，眉眼和嘴角浮現了獨特的笑容。

「哦，我明白了。天氣熱成這樣，免不了覺得自己好像快犯下不該犯的錯事了，是不是？警方偶爾會接到這樣的民眾陳情，不必過度擔憂，只要回去睡個午覺就沒事了。況且在案件尚未發生前，警方不得擅自出動。即便有人嚷嚷著要殺人，也得等到對方真的動手了才能逮捕。」

年輕男子任由汗水滴落，喃喃說著：

「就在一年前，和今天一樣熱的那天，我殺了——」

員警一聽，頓時緊張起來。

「什麼？這麼重要的事怎麼不早說呢！你殺了誰？」

「猴子。我殺了家裡養的猴子。」

男子回答。員警鬆了口氣。

「我說這位先生，殺死的是自己養的猴子，還不至於來派出所自首。況且事情都過去一年了，為何到現在才說出來呢？依照你的症狀呢，前面右手邊有家精神科醫院，請上那裡找醫師診治。」

「您覺得我腦筋有毛病吧？事實上，我已經去接受診察好幾次了，醫師都說我的精神狀態沒有任何問題。」

「既然沒有犯下任何案子，精神也沒有異常，警方怎麼能逮捕這樣的正常人呢？這麼簡單的道理用常識就能判斷了，用不著搬出憲法和法律規定。」

「那個道理我懂，可是，您能夠聽完我的故事嗎？」

「目前沒別的事忙，如果說出來比較輕鬆，聽一聽也無妨。不過，請盡量挑重點講，還有，今天講完之後，以後可別再來了。」

「非常感激！……我從小就怕熱，一熱起來就頭昏腦脹，但又焦躁不安。」

「誰都是這樣的。大熱天裡還能保持頭腦清晰的人，我連一個都沒聽過。」

「我的情況特別嚴重。非得做某件事的衝動格外強烈，如果勉強壓抑住那股衝動，就會痛苦得幾乎要發狂。」

「大家都是這樣的。這種時候可以做做運動或是看看書，找些適合自己紓解壓力的事情去做就行啦！」

「我也自有一套紓解壓力的方式。多虧有那種方式，這才不至於發狂。」

「很好啊，既然找到辦法了，何必來派出所嚇唬人呢。好了好了，請回吧……」

說著，員警揚了揚手讓他離開，然而男子苦苦哀求：

「快要講完了，請再多聽一會兒吧……小時候，我第一次找到紓解壓力的過程是這樣的：天氣愈來愈熱，熱得我實在受不了，忽然看到榻榻米上有隻螞蟻，忍不住伸手捻死牠了。捻死螞蟻之後，原本焦躁不安的感覺瞬間消失，整個暑天都過得神清氣爽。」

「找到嗜好就行啦，反正也不至於造成別人的困擾……」

員警說到最後，都快打起呵欠來了。

「第二年夏天，同樣愈來愈熱，我的焦躁不安也愈來愈強烈，於是想起去年的事，找隻螞蟻捻死了。」

「唔。」

「但是，沒有效果。我不知道該怎麼辦才好。就在瀕臨崩潰之際，偶然間找到了解決的辦法。您猜是什麼呢？」

「唔。」

員警閉上眼睛，敷衍地應了一聲。男子自顧自地往下說：

「我捻死了一隻銅花金龜之後，整個暑天都過得神清氣爽。到了隔年的夏天，我漸漸抓到訣竅，向鄰居小孩索來了一隻獨角仙，捻死之後，就能把那股焦躁感壓抑下來了。」

「唔。」

「我靠著這個方法才不至於發瘋，得以維持正常的神智到現在。前年夏天，我殺了一頭狗。那時候，我已經知道該怎麼處理這個問題了，因此開始提前為明年預作準備。入秋之後，趕緊養了隻猴子。猴子養久了，其實挺可愛的。」

「唔。」

員警靠著椅背，上半身頻頻往前探。

「我真的不想殺牠。可是，去年的氣溫太高了，實在沒辦法壓抑住那股焦躁，最後還是掐死了那隻猴子。」

男子愈說愈大聲，員警猛地睜開眼睛，連忙抹了抹汗。

「咦，殺死猴子的事，你不是一開始就說了嗎？」

「請逮捕我吧！」

「別這樣強人所難。我方才已經說過了，你沒有犯案。而且，還找到了類似於採集昆蟲的嗜好來紓解壓力，精神狀態很正常，沒有發瘋。警方不能任意逮捕或收押善良的民眾。」

「這樣嗎？沒辦法，只好回去了。抱歉打擾了。」

「很好，請回去好好睡個午覺。入夜後又會變得悶熱，睡不安穩，還是趁下午先補個眠。」

「您說得是。」

說完，男子起身。員警隨口問了句：

「有家人吧？」

「有，去年秋天結婚了……」

約定

春日的午後。和煦的太陽照耀在原野上，翠綠的小草與七彩的花卉隨著地面蒸騰而上的熱氣搖擺不已。

一架銀光閃閃的飛行物突然出現，安安靜靜地著陸於這片原野。隨著輕微的金屬聲響，飛行物的艙門開啟，從裡面走出了三個穿著豔紅緊身服的人。一群孩童正在草地上捉迷藏和摘花來玩，一下子就發現了那三名不速之客。

「你們看，那裡有三個奇怪的人耶！」

「好奇怪喔，我們過去瞧瞧吧！」

孩童們一起跑了過去，以天真無邪的童音發問：

「叔叔，我問你喔，你們是從什麼地方搭那個東西過來的呀？」

片刻過後，穿著豔紅緊身服的其中一名用怪腔怪調的聲音回答：

「我們是從天空的那一邊，很遠很遠的星球來到這裡的。」

「你們來這裡做什麼？要去哪裡呢？」

幾個孩童怯懦地伸手摸了摸不速之客的服裝，接連發問。

「我們是在前往調查其他星球的途中恰巧發現了這顆星球，於是順道降落於此地探訪。雖然不能停留太久，至少摘集一些植物標本回去研究。」

聽完不速之客的解答，孩童們紛紛表示：

「那，我手裡這些摘到的花送你們吧！」

「嗯，我們也一起幫忙多摘些吧！」

孩童們一哄而散，在地面蒸騰而上的熱氣中忽隱忽現，不一會兒又一個兩個地回來了。

「你看，我摘了這麼多喔！」

「我只摘到這些！」

「謝謝你們。多虧幫忙，讓我們提早完成了工作。要送什麼禮物答謝才好呢？」

穿著豔紅緊身衣的詢問，孩童們小聲地討論了一下。

「叔叔，你們是從什麼樣的地方來的？」

「我們的文明遠比這裡先進，絕大部分的事情都辦得到。如果有什麼願望，不妨說來聽聽。」

「既然這樣，我們希望矯正大人的行為。你們可以讓大人不再說謊嗎？……」

「可以，這不算什麼難事。」

「真的嗎？大人老是做壞事，連那種叫做什麼賄賂的壞事也常常做……」

「好，我們答應你們。不過，我們還有緊急的工作，回程會再來這裡完成心願，你們在這裡等一等，我們一定會遵守約定。」

「嗯，一定要回來喔！等你們唷！」

飛行物在孩童們連連說再見的歡送聲中上升，消失於暮靄之中。

「這些生物真友善。」

一名外星人對同事如此說道。

「我們趕緊完成任務，盡快回來遵守約定吧。」

飛行物在黑暗的虛空中，加速航向了目的地。

回程，他們依照約定，再次來到了這個星球。

「那些生物到哪裡去了？你們分頭去找一找吧！」

一名留在原地，另外兩名出發尋找當初做了約定的那群孩童。過了一段時間，兩人回來了。

「怎麼去了那麼久？」

「他們成長了不少，花了好一番工夫尋找。」

「找到當初那群人了嗎？」

「找是找到了，可是這個星球的生物有些費解。」

「此話怎講？」

「他們已經不記得那項約定了。我們把當時的情況說了一遍，只見他們一個個摸著圓滾滾的肚子，全都給了同樣的回答：哦，好像有過那麼一回事，但請忘了那種約定吧。現在日子過得挺滋潤的，別多管閒事！」

貓和鼠

又到了二十五號這一天的晚上。雖然有點同情對方，還是得打通電話催款。在這個冷酷的世間，同情是多餘的。我撥了電話。聽筒那頭的鈴聲響了一會兒之後，忽然傳來了對方的聲音。我用相當客氣卻令人恨得牙癢癢的口吻開了口：

「咦，您還在家呀？是我，正在等候您大駕光臨呢。今天是二十五號，您總不會忘了吧？只是致電提醒一聲……」

對方的答話聲裡赤裸裸地流露著不耐煩：

「我知道，當然不會忘記呀。不過，突然有點急事，可以延到明天嗎？明天晚上一定登門拜訪。」

這傢伙說謊連草稿都懶得打。能拖一天是一天的盤算誰都想得出來，這種搪塞之詞我豈會信以為真？我嘴上裝作不在意，卻又不肯輕易放過地繼續說：

「哎呀，怎麼突然有急事了呢？沒關係，您今晚不方便移駕也無妨，敬請自便；不過，可得自行承擔爽約的結果喔。其實也沒什麼大不了的，只要做點心理準備即可。我待在屋裡等了一天，總得活動活動筋骨嘛……」

胸中那股鬱悶之氣頓時一掃而空。在我的生活中，就屬這一刻最痛快了。電話的另一端傳來咬牙切齒的憤恨回答：

「是是是，今晚過去總行了吧？不過，我得先去處理急事，會遲些時候到。」

「這樣就對了嘛，早這麼回答多好。您是去籌錢吧？請多多加油，我在這裡為您祈禱勝利歸來！」

對方使勁甩上電話。他今晚肯定會出現，等就是了。我在屋裡那張長沙發躺了下來，看著正前方的電視打發時間。看了幾個節目之後，外頭響起了敲門聲。

「歡迎歡迎，快請進，正在恭候大駕呢！」

我一邊從長沙發坐起來，一邊請突然開門而入的男人落座。

「請坐請坐。近來生意可好？」

我滿懷慰勞之意地寒暄了句，然而對方卻一臉深惡痛絕地回答：

「生意？有啥生意可言！拚死拚活賺來的一分一毫統統被你搜刮一空，簡直像是為了被你搜刮殆盡而賣命掙錢的！」

「息怒息怒，這麼氣呼呼的對身體可不好喔。話說回來，現在向我埋怨這個實在沒道理呀，殺了人的可是您喔，我只是湊巧目擊到那一幕罷了。從那一刻起，您有了付錢的義務，我有了收錢的權利。這種權利義務的關係不是明明白白的嗎？」

「真是的，倒了八輩子楣才會被你撞見！」

「事情別總往壞處想，要正向看待。幸虧目擊者是我，您想想，當初若是被另一個更殘酷的人，也就是所謂的善良百姓看到了，您會有什麼下場呢？最壞的狀況是被判死刑，好一點呢是無期徒刑。瞧瞧現在，您可是自由之身，難道不該為自己的走運而感到慶幸嗎？人生短短數十載，天天抱怨倒楣也是過一輩子，日日慶幸走運也是過一輩子喔。」

世上再沒有比訓誡他人更爽快的事了。

「一輩子？你這臭傢伙難道打定主意要糾纏我一輩子、敲詐我一輩子嗎？……」

「哎，別這麼激動嘛，我可以擔保您一生自由無虞喔！這就和國家收稅金用以保障國民福祉一樣，繳稅也不是繳了幾年之後就能免繳了，只要人活著就得年年繳。」

「混帳！你只管享受從我這裡勒索的錢，一整天坐在長沙發上看電視，過著逍遙的日子！」

「說話這麼難聽是不行的唷。人生在世，各有各的煩惱哪。」

我在沙發上調整了坐姿，緩緩地搖了搖頭。對方一聽，愈發火冒三丈，猛地站了起來。

「煩惱個屁！我再也受不了你啦！」

對方吶喊著撲向我，並從口袋裡掏出繩索將我綑綁起來。我沒有反抗，任由他綑得緊緊的。不過，他倒沒有封住我的嘴。

「您不應該做這種事。話說回來，如果我的一生比您短，之後您就不必再付我錢了，所以我非常能體會您希望自己的一生能夠盡量比我的長。但是以目前看來，我的壽命似乎還沒走到盡頭，也難怪您動了殺機。」

「廢話！」

「這樣的想法十分正常。問題是，將這個想法轉化為行動時，腦筋可就不太正常了。以前就告訴過您了，我已經將您犯下凶殺案的過程寫下來放在信託公司裡，一旦我遭到殺害，就會立刻公開那份文件。如此一來，殺了一個人再加上一個人，肯定會被判死刑的。這樣好嗎？到時候眼看著隨著被行刑的日期一天天逼近，再怎麼掙扎哀嚎都沒有用。到了那一天，首先戴上頭罩，接著套上繩圈，然後脖子一緊就一命歸西嘍。這樣的後果您可得牢牢記住。」

「萬一你是被其他人給宰了呢？我豈不成了冤大頭？」

「不會的，想殺我的人只有您一個。所以，即使您委託其他人來殺我，結果還是相同。除了您以外，別人可都為我祈求長命百歲，誰讓我有這般好人品呢。來，快解開繩子吧！」

面臨如此危機之所以能夠處變不驚，必須歸功於我的萬全準備。然而，對方依舊不肯為我鬆綁。

「那可不行。狗急了也會跳牆。所幸我的腦筋相當正常，因此想到了讓你這傢伙徹底失去記憶的好方法。怎樣，這個計畫很完美吧？」

「一點也不完美。那種法子是行不通的。況且，您可能採取的一切行動，我早就全都想到了。」

儘管如此，對方依舊沒有退卻。

「話別說得那麼滿，人哪裡可能沒有任何盲點呢？就算是老鼠，哪天真被逼急了，也會咬貓一口的唷！」

對方的口吻變得客氣了些。當一個人講話忽然從粗暴轉為溫和，肯定是笑裡藏刀。我在心裡暗叫不妙。

「喂，你在打什麼歪主意？難道不怕被處死嗎？你打算把我一棒打昏，還是灌我喝藥？要讓一個人失憶可沒那麼容易。即使暫時失憶，也許哪一天又想起來了。快點鬆綁，給了錢就回去吧！人就得認真工作賺錢，日子過得才踏實。」

對方的神態似乎有些不對勁。我看，還是別再逗他了，今天的樂子就到此為止，趕緊打發他走人為妙。要是把他逼到無路可退，乾脆豁出去拚命，對我也沒好處。沒想到，對方並沒有進一步威脅我，而是走到門前握住門把。我開口喚道：

「喂，要回去可以，總得把錢給了、把人放了再走吧？不說再見倒是無所謂。」

「我不是要回去，而是帶了個有意思的東西留在門外，想讓你看一看。」

「原來如此。好吧，那就快點給我看，然後快點幫我鬆開繩子吧！」

對方開門出去，隨即開門進來。並且，果真帶來了一個意想不到的東西。我一看，立刻嚇得魂飛魄散。

「他是誰……？」

對方不曉得從什麼地方找來了一個面貌與身材和我一模一樣的男人。

「不錯吧？他就是失去記憶的你。」

「就是我本人。」

那個和我長得一模一樣的男人開口回答。我的心情十分複雜。

「他到底是什麼人？」

「不久前，我在某個地方湊巧發現了他，馬上靈機一動，想到了這個好方法。我找他談了這個計畫，幸好他答應了。當然，我不僅付了一筆相當可觀的酬金，包括之前你從我這裡勒索到手的那些錢也答應給他，他連一毛遺產稅都不必繳就可以全部繼承你的財產。老天爺關上了一扇門，必然會為你打開另一扇窗。怎樣，現在你懂了嗎？」

他拔出小刀，朝我步步逼近。真沒想到，絕地求生的意志竟能讓人想到如此絕妙的計畫。很遺憾，如果能夠早一步察覺就好了，可惜我沒有想到這個辦法。正所謂人外有人，天外有天。實在不得不佩服他的計謀。

「我認輸了，萬萬沒料到居然還有這一招。既然事已至此，我好歹也是條漢子，不囉唆，要殺要剮任憑處置，反正心裡明白報應遲早要來的。」

「那還用說！也不想想你從我那裡訛走了多少錢，當然得受到報應！納命來！」

對方似乎有點誤會。也罷，明天一到，一切就會真相大白。除了我這裡剩下的錢可說是寥寥無幾，還有更驚人的事實等著他們。

到了明天，接下來要假冒我的傢伙想必會大吃一驚。畢竟，知悉我曾經殺過人並且藉此勒索多年的那個人，每個月的二十六號總會準時現身。

失眠症

睡不著覺是K先生的煩惱。自從不久前他出了一點意外，頭部受到撞擊之後就一直無法入睡。

失眠症的痛苦，只有同病相憐的人才明白。愈努力睡覺，腦子反而愈清醒。數綿羊、換枕頭、翻來覆去、起身上廁所等各式各樣的方法他都試過了，沒有一項能夠發揮效用。

到最後他心想，問題應該出在太執著於睡覺這件事情上了。儘管他試圖順其自然，腦子卻愈發清醒，就這樣眼睜睜地看著天空一寸一寸地亮了起來。

絕大多數的失眠症患者儘管嘴上說自己「睡不著」，其實都不自覺地睡了好些時候。然而K先生卻是貨真價實地連一秒都沒有睡著。

他甚至聽著收音機的深夜節目，將播放的曲目和廣告的商品名稱都鉅細靡遺地抄寫下來，做了十天左右才覺得這麼做毫無意義，於是作罷。

他還發現，雖然想盡辦法都無法入睡，可是一點也不疲倦。

K先生左思右想，終於決定不再做無謂的掙扎了。某一天，他向公司的總經理提出一項請求：

「總經理，可以錄用我嗎？」

「這個請求在邏輯上說不通。你已經是我們公司的職員了，為什麼又要我錄用你呢……」

總經理不明白這個職員的用意。於是K先生把來龍去脈說了一遍。

「事情的經過就是這樣。回到家裡無所事事，白白浪費時間，不如拿來工作。可以請您雇用我幫夜間保全員嗎？與其去其他公司兼差，還是留在自家公司一切都熟悉。」

「原來如此。雖然沒有往例可循，不過夜間保全員的編制恰好缺了一名。既然是公司的員工，也不需要另外做身家調查了，那就錄取你吧！晚上的巡邏和守衛任務就交給你了！」

就這樣，K先生得到錄用，努力成為一名優秀的夜間保全員。其他保全員免不了偶爾打盹，唯獨他從來不曾露出疲態。

夜間的保全勤務結束，天亮以後K先生就在洗手間裡剃鬍洗漱，接著做白天的職員事務。原本的這份工作他也沒有絲毫懈怠，畢竟精神抖擻得很，反倒是其他同事比他還常打瞌睡呢。

很快地，K先生發覺自己不需要住宅了，因為沒有機會回家。他乾脆把房子轉租出去了。

就金錢面而言，可說盡是好處。首先不需要住屋支出，甚至還可收房租。還有，不僅少了交通花費，也用不著在沙丁魚似的車廂裡擠上好長一段時間了。此外，回家的路上小酌兩杯的酒錢也不必浪費了。

非但如此，現在的月薪收入是別人的兩倍，不，是兩倍以上。因為K先生從不遲到早退，而且白天和夜間的兩份工作都做得相當出色，因此發放獎金時，主管將這些優異的表現都納入考量了。

然而，看似一切順遂的K先生並不是沒有任何煩惱——存下來的錢根本沒時間花。他心想，這個失眠症遲早會康復，回到以往的正常生活，到時候就可以善加運用這筆儲蓄了。

K先生天天等待著病癒的那一刻到來，可惜沒有絲毫跡象。他已經很久沒有享受過睡個好覺的幸福了，對於睡眠的渴望一天比一天強烈。

那遙不可及的睡眠對他的誘惑日漸增加，已經到了難以抑遏的地步了。

K先生終於利用公司的一個休假日向一位熟識的醫師求診，央求醫師治療這個病。

醫師試過了各種藥物和方法，一概效果不彰。這個失眠症似乎相當頑強。K先生語帶悲傷地詢問：

「醫師，難道沒救了嗎？」

「不，不必絕望，還有最後一項絕招！」

「什麼絕招？」

「一種最近才進口的高價藥物。只要用這種藥保證治癒，無效退費！」

「求求您讓我用那種藥吧！」

K先生聽了所需費用，確實非常昂貴，相當於他這段時間存下來的積蓄。但是K先生還是毅然請醫師開了這種藥。他不能讓這段時間的努力付之一炬，何況醫師說了，沒有效果的話可以退費。他付了錢，醫師打了針。

不久，藥效發作了，K先生感到昏昏沉沉的，霎時彷彿有什麼東西快速倒流似的……

K先生睜開眼睛，只見醫師俯視著他，開口說道：

「看來，這種藥很有效！」

K先生向醫師抗議：

「一點也沒效！」

「很有效呀？」

「怎麼會有效呢？您看，我還是醒著的啊？」

「所以才說有效呀！自從發生那起意外之後，您一直昏迷到現在。」

「什麼？難道我這段日子的經歷，統統都是夢境？……」

醫師向錯愕的K先生解釋，院方用盡了一切醫療手段都沒能讓他甦醒，最後不得已，只好用了昂貴的進口藥。

K先生聽了那種藥的價格之後不禁咋舌。接下來，他恐怕得不分晝夜工作很長一段時間，才能繳清這筆藥費了。

生活維護部

「科長早安。連日來的好天氣，讓人心情也和天空一樣晴朗。不過午後氣溫或許會上升一些。」

我站在主管的桌前，帶有嫩葉香氣的微風從敞開的窗戶迎面吹拂。

「好，早。今天的工作是這些。」

科長面無表情，望著遠方藍天漸漸成形的積雨雲說道，接著伸出一隻手將擺在桌上的幾張卡片推向我。

科長向來都是這副不高興的面孔，已經習以為常了。我把那幾張卡片疊好，收進口袋，回到座位，對坐在隔壁的同事說：

「出門工作囉！上午由你開車吧，下午再換我開。」

我們坐進車裡，同事將手搭在方向盤上問說：

「今天的路線怎麼安排？」

我正想從口袋裡掏出剛才領到的那疊卡片，忽然靈機一動，提出一項建議：

「你聽聽這樣好不好。這麼好的天氣，我們別以效率取勝，安排最省時的路線。慢慢來，當成開車兜風，抽出哪張卡片就去哪裡。」

「這主意聽起來不錯。反正我們是公務員，只要完成當天交辦的工作即可。」

同事點頭答應了。我伸手探進口袋，只掏了一張出來。

「嗯，首先開上國道直行。」

同事發動引擎。車子駛離了那棟樹林中的紅磚建築，也就是我們任職的生活維持部。

「真希望早點轉調內勤。」

「是啊。不過恐怕還要再負責外勤職務兩三年以後，才有機會調到內勤。」

車子緩緩地沿著偶有行人經過的大馬路前行。夾道路樹在人行道靜靜地投下了晨間綠影。人行道上時而可見推著嬰兒車的母親、牽著孫兒小手的老人，還有拉著小跑步的愛狗散步的美麗婦人。

不久，車子穿出了撐開紅白條紋遮陽棚的商店街，朝住宅區前進。

「等到改派內勤以後，我要結婚，住在那樣的屋子裡。」

我指給同事看。那是一棟座落於薔薇攀緣的圍牆裡、高大榆樹下的住宅，古意盎然。悠揚而古典的鋼琴旋律從窗口流瀉而出。彈奏者是一個睫毛密長的美麗女子呢？還是一名手指纖細的白膚少年呢？

若是住在那樣的家裡，想必清晨在床上醒來時，傳入耳中的是聚在晨霧間樹梢上的一群小鳥此起彼落的啁啾啼叫；而懶洋洋的午後時光，則會聽見樹洞裡幾隻松鼠啃著堅果的清脆聲響吧。

「我呢，想住在那樣的房子裡。」

同事握著方向盤，揚了揚下巴示意我看另一間房子。那是一棟蓋在大水塘畔的建築。從開著的窗口可以眺見一位貌似男主人的中年男士正在畫布上作畫。我想，入夜後應該可以從那扇窗子望見那些輕躍出塘面發出些許水聲的鯉魚攪亂了倒映月影的景象吧。

「真寧靜啊。」

「的確寧靜。」

兩人隨即陷入沉默，讓車子載著我們繼續前行。住家愈來愈少，車子越過了幾座長著茂密樹林且坡度平緩的山崗。

一對看似情侶的年輕男女騎著自行車開心談笑，趕過了我們的車子。同事目送他們遠去，自言自語似地說：

「大家恐怕得感謝政府的政策，確保每一位國民都能享有足夠寬廣的土地面積，才能夠維持如此平和的社會。」

我聽出他話中有話，於是強調：

「那還用說嗎！你不也從書上讀到了，政府耗費多年努力才終於讓這項政策步上軌道，現在的狀態和從前相較簡直是天壤之別。如今，一切的惡都不復存在。不管是強盜抑或詐欺，所有的犯罪全都不再發生，還有車禍和疾病也統統消失了。據說過去甚至有人輕生，簡直難以想像。」

「你說得對，只除了唯一一件事以外。」

「要想連那唯一一件事都去除是不可能的！必要之惡不是惡。如果拿掉了它，所有的一切都將立刻恢復到那個混亂的時代，不是嗎？」

同事沒有回答，只慢慢地踩下煞車。我定睛一看，一隻兔子從路邊的草叢蹦到了馬路上，而緊追在後的是一個上氣不接下氣的男孩。

「小朋友，就要抓到了，再加把勁就能抓到囉！」

聽到我的聲音，男孩略微停住腳步，回頭朝這邊咧嘴一笑，又忙著追逐兔子，鑽進馬路另一側的草叢裡了。

可以想見剛才那名男孩很快就會抓住兔子了。而他們家今晚的餐桌上，一定會充滿全家人聆聽男孩講得面紅耳赤的追逐戰所發出來的歡笑聲。

車子再度行駛時，同事說：

「這附近有沒有加油站呢？」

「喔，我記得下一個村莊有家店兼營加油站，到那裡加油吧。」

車子沿著清澈水面映著藍天的潺潺小溪開了一會兒，來到了那座村莊。

「二位今天的工作在這裡嗎？」

開設小餐廳兼營加油站的年邁老闆看到我們，低頭問道。

「嗯，還要再開一小段路。可以幫忙加個油嗎？」

年邁的老闆似乎知道我們是生活維護部的公務員，沒再多問下去。

「辛苦二位了。」

加完油的年邁老闆眨著眼睛，目送我們的車子離去。

「我看，就在這一帶吧？」

同事問說。我拾起早前掏出來擱在座位上的卡片，看了上面的資料。

「再往前開一點，就在左邊。」

我們的車子開進了一條略窄的巷子。

「在這邊停車吧。應該是那個有花壇的房子。」

我們停了車，經過那處花團錦簇的花壇，走到那個房子的玄關前按下門鈴。一串清脆的鈴聲響了起來。

「哪位呀？」

一位健康黝黑膚色的女士，應該是這一家的主婦開了門，我們步入玄關。

「請問府上有位名為亞理紗的千金嗎？」

「亞理紗是小女，請問兩位哪裡找？」

我沒有答覆，僅抬起左手輕輕地提了提外套的衣領，示意她看向那枚別在我胸前的生活維護部徽章。

「天啊，是死神……」

臉色頓時發白的主婦兩腿一軟，同事以熟練的動作上前攙住她，隨即將一顆具有甦醒藥效的錠劑塞入她的口中。一會兒過後，主婦倚著玄關的門柱，壓低了聲量顫抖著呼喊：

「為什麼要選中亞理紗那孩子呢？我可愛的亞理紗，好不容易才把她養到這個年紀……」

我答道：

「我們也同感遺憾，但不得不這麼做。」

「求求您，讓我代替她吧！」

「我們經常遇到這樣的請求，如果一一答應，事情會沒完沒了，社會秩序將被徹底顛覆。請問亞理紗小妹妹在……」

「她在附近的樹林裡摘木莓。至少給一點點時間，讓她和家人道別，可以嗎？用不著急於一時半刻吧！」

「同樣請恕窒礙難行。這麼做只會讓她本人痛苦，也會讓各位更加悲傷。」

主婦以指尖拭淚，喃喃說著：

「我們為什麼非得遵守這項政策不可呢？誰能受得了……」

「這位太太，您不應該講出這番話。您不是也很清楚嗎？這個社會能夠讓人們逍遙自在地住在寧靜而寬廣的地方，這個社會能夠讓人們幾乎不必工作就可以得到想要的東西，隨心所欲閱讀書籍、蒔花弄草、欣賞音樂。太太也許太習慣在這樣的社會裡生活，而忘記這有多麼得來不易了。您從未因為犯罪案件而受害，也不曾因為生病而受苦。若要維護如此完美的社會，唯一的方法就是靠大家共同遵守這項政策，難道不是嗎？」

「可是，亞理紗不過是個小女孩……」

「如果大家都各持己見，破壞這項規定，您猜會變成什麼樣？立刻會像以前那樣人口暴增，就連這一帶也會在轉眼間蓋起一棟棟公寓，家家戶戶的窗口都會傳出嬰兒的哭啼聲，廣場上都是一群群缺乏教育的壞小孩，馬路上的車禍接二連三。如果現在是那樣的時代，說不定亞理紗小妹妹沒辦法活到現在這個年紀。別忘了還有分分秒秒不能鬆懈的生存競爭所導致的腦神經衰弱、發瘋和自殺。每一個角落都充斥著汙濁的空氣。到了那個地步，等於大勢已去。標準模式化的大批人群，伴隨著噪音的刺激性娛樂，最後的結果必然發展成戰爭。」

我一口氣說出反覆講過了數百次的相同台詞。

「可是……」

「如果有人喜歡讓地球上絕大部分東西以及文明化為廢墟的戰爭，那就另當別論，可是多數人並不喜歡戰爭。我也不喜歡。為了不再發生戰爭，大家必須承受公平的負擔。由生活維護部的電腦每天挑出來的卡片具有絕對的公平性，不可能發生關說徇私之類的狀況。是的，從老到幼，絕不允許任何差別待遇。生的權利和死的義務，必須平等給予每一個人才行。」

「可是、可是……」

主婦已經無話可說了。每一個人都遵從這項政策，也絕不容許不遵從。

玄關外傳來由遠而近的清脆歌聲。

「是亞理紗小妹妹吧？」

主婦虛弱地點了頭。

「請不要發出聲音。我們會靜靜地執行任務，這樣她本人也走得安詳。」

我躲在玄關的暗處，從外套內袋裡取出一柄小型的雷射槍，解除保險裝置，接著瞄準了那名拎著木莓籃、唱著歌回來的目標對象。一隻不知從何處飛來的虻細柔的拍翅聲，填補了我扣下扳機前的短暫空檔。

我們望著就在歌聲戛然而止的那個位置冒出了一陣輕煙，隨著微風滑過花壇上方，接著不知飄向了何方之後，回到了車上。當車子再次開到寬廣的馬路時，同事問道：

「好了，接下來該去哪裡？」

我從口袋掏出了下一張卡片。

「喔，我想去剛才經過的那條小溪邊。」

「你想去？打算在那裡休息嗎？」

我給他看了手裡那張卡片，上面寫著我的名字。然後，再把口袋裡剩餘的卡片和那柄雷射槍一起掏出來，交給他。

「你下午得繼續開車了。」

「何必那麼急！留到最後也不遲。」

我將這片寧靜的美麗景色深深烙印在眼底，並且告訴他：

「不了，這是我自己決定的順序。嗯，這些年來能夠活在一個沒有生存競爭和可怕戰爭的時代，真是幸福！」

可悲的故事

耶誕夜。住在豪宅的N先生聽著收音機裡流瀉出來的音樂悠閒地獨酌，忽然覺得隔壁房間有些動靜。

他悄悄地過去探看，赫然發現從壁爐冒出了一個男人——一個身穿紅衣頭戴紅帽腳套長靴，還揹了個偌大囊子的白鬍老人，正在四下打量。

N先生判斷那個男人一定是耶誕老公公，於是出聲招呼：

「歡迎光臨！遠道而來辛苦您了。不過，不必送禮物給我們家了。雖然家裡有小孩子，但是我們家還算有錢，請把那些禮物送到可憐的窮苦小孩家吧！」

老人答道：

「今年不同與以往，我鎖定了富裕人家造訪。」

「為什麼呢？」

「為了拿錢！聽起來你像是明白事理的人，不好意思，我也是逼不得已。快把錢拿出來！」

說著，老人握著一柄貌似手槍的物件指著N先生。N先生嚇壞了。

「這是怎麼回事？您到底是耶誕老公公還是盜賊呢？」

「兩者皆是。我就是耶誕老公公本人，這一點可以由我從煙囪進來、身上卻沒有沾染絲毫煙灰得到證明，還有那輛在天上奔馳的馴鹿雪橇就停在窗外；至於盜賊呢，現在不正在威脅你拿出錢來嗎？」

老人的服裝和袋子確實沒有沾上半點髒汙，換做是一般人絕辦不到。N先生再從窗簾的縫隙看向外面，拉著雪橇的馴鹿停在空中一動不動。得到證實之後，N先生開口說：

「看來，您的確是真正的耶誕老公公，非常榮幸見到您！不過，為什麼要做這種強盜似的舉動呢？若是亟需用錢，也許我可以幫忙紓解燃眉之急。」

「謝謝。那麼，請立刻給錢！」

「先說一說事情的經緯吧。請移駕到隔壁房間，那邊還備了酒。」

N先生領著老人來到了原本的房間，請他坐下。耶誕老公公落了座，開始解釋：

「如你所知，我從很久以前就總在耶誕夜分送禮物給可憐的孩子們，大家收到後都很高興。」

「非常感激您的善舉！您是人類的心靈明燈！」

「問題是，你得知道這麼做要花多少錢！大家只顧著自己開心，卻沒人為我想一想錢從哪裡來。我的積蓄早就見底，家具和擺飾品也賣掉了，統統花在買禮物上。」

「真不知道原來如此。」

「接下來只能靠借貸度日。我把位於北國盡頭的那棟屋子抵押換了錢，眼看著利息日漸增多，根本贖不回來，也找不到其他地方願意周轉，只有債主天天上門逼我還錢。」

「唉，聽得我都心疼了。」

「我已經束手無策了。明天一到，我就得搬出去，雪橇被送去拍賣，那幾頭馴鹿也會被帶到肉鋪。事已至此，我也顧不上那麼多了。快，拿錢來！」

「錢我當然會給。由衷同情您的遭遇，請容我助一臂之力。話說回來，真沒想到會發生這種事……」N先生嘆了一聲，思忖片刻，又接下去說，「……如此偉大的情操，居然落得這般下場，實在令人嗟嘆天理難容、人神共憤、心如刀割！」

N先生的義憤填膺，反而使得耶誕老公公有些不知所措。

「快點把錢給我就好，用不著那麼慷慨激昂。」

「不，這讓人怎能不生氣呢？看看這個世界，人人都利用您做成商品大發利市！我清楚得很，大家都掐準您心地善良，未經同意便擅自使用您的肖像權，那些盈餘原本是該積攢起來給您用的。那些應該收取的授權費，算起來也是一筆不小的數字。這麼做才合情合理。」

「如果有那種辦法，真是太好了！我該去什麼地方才能收到錢呢？」

「可以委託律師打官司。可惜那個方法太慢了，您現在應該去向利用您的肖像賺最多錢的地方索討。就選G百貨公司好了！那裡是規模最大的百貨公司，已經靠耶誕節檔期賺了很多錢。」

「有那麼個地方？」

耶誕老公公驚喜地探向前問道。N先生點了頭回答：

「當然有！只要今晚進入那裡的金庫，一定能取到鉅款。別客氣，請儘管拿，那是您應有的權利，更是應得的報酬。」

「那就照你說的去做了，這樣我也不必受到良心的譴責。忽然覺得勇氣百倍。謝謝你告訴我這個好方法！」

N先生畫了張標示G百貨公司所在位置的地圖交給耶誕老公公，並提醒他要當心保全人員。

「還有，您帶著破壞金庫的工具嗎？」

「有，出門時順便備著了。」

耶誕老公公拍拍背上的袋子，發出了敲擊金屬工具的聲響。看來，他出發前已做了萬全的準備。N先生送耶誕老公公到門外，並為他打氣：

「請加油，祝您馬到成功！」

「謝謝！」

耶誕老公公一揮鞭，駕著馴鹿雪橇騰上了夜空，朝著N先生告知的G百貨公司方向飛去。N先生心裡明白，擅長神不知鬼不覺來去自如的耶誕老公公一定可以順利潛入，而且逃出時就算地面道路封鎖了也不必擔心。N先生目送著耶誕老公公的背影逐漸遠離。

「我今天做了善事，這樣一來耶誕老公公暫時不必為錢發愁，窮苦人家的小孩子也可以開心得到禮物，而我自己也收到了一份大禮。今晚過後，始終保持業界龍頭地位的G百貨公司必然損失慘重，這樣一來，我所經營的百貨公司就能登上冠軍寶座了！」

拜年的客人

「新年恭喜！」

潔白紙門外的新春暖陽照耀著整個屋子。

「好，也恭喜你。」

一名三十歲上下的男子向坐在壁龕前一派企業家架勢的長者拜年，對方也回了禮。

「去年承蒙您大力關照，萬分感激！託您的福，小店總算得以繼續經營。」

「不必多禮。祝你今年生意興隆。別拘束，過來喝一杯。」

「那就不客氣了。」

酒斟入杯，在這暖和的房間裡香氣四溢。遠遠地，可以聽見舞獅的擊鼓聲。

「真是個好年。」

「安安靜靜的，除夕前的繁忙恍如隔世。」

長者說著，緩緩地閉上了眼睛，彷彿在回憶著過去的一年，以及更久之前的年輕時代。

「有件事想請教，不曉得會不會失禮……」

年輕男子欲言又止。

「不礙事，直說無妨。」

「說來非常抱歉，但我真的沒想到您願意幫那麼大的忙。」

「那是因為老夫欣賞你年紀輕輕又充滿熱忱。」

「老實說，在登門拜訪之前，我曾經找過很多人商量，大家都勸我別來了，聽說您不太有意願提供協助。」

長者依然閉著眼睛答道：

「唔，確有此事。」

「既然如此，為什麼我前來求援時，您一口就答應下來了呢？這件事我一直想不透。方便的話，是否願意告訴我理由呢？」

「因為上了歲數。人老了，沒法見死不救。」

「這樣嗎？我還無法體會那種心境。」

年輕男子語帶不解，往自己的杯裡又斟了酒。兩人同時沉默了一會兒，年輕男子正想改變話題，視線不經意地投向掛在壁龕上的那幅富士山景圖，想看清楚掛軸上的落款。就在這時，長者睜開眼睛，看向年輕男子。

「想知道嗎？」

「洗耳恭聽！」

年輕男子正身跪座，俯首央請。

「說出來或許可以輕鬆一些。你相信投胎轉世嗎？」

這突如其來的提問使年輕男子猶豫著該如何回答。

「我沒想過。您老身體硬朗，不需要想那些事……」

「聽著就是。如你所知，老夫從年輕時只忙著賺大錢闖事業，認定世上唯一值得信賴的只有金錢和實力，為了掌握這兩樣東西不惜犧牲其他的一切。」

「您說得是。您過去的努力打造了今日高不可攀的地位，令人羨慕。」

「然而有一天，發生了一件事。算來已是三十年前了。那天，一個樣貌寒磣的男人來公司找老夫。」

「您不認識的人嗎？」

「不，一開始沒看出來，後來才認出是老夫的同學。他說自己被公司革職了，想來借錢。」

「您怎麼處理呢？」

「聽了他的描述，老夫心裡明白這筆錢借給他肯定是有去無回。當時老夫認為，賠錢的生意等同於罪惡……」

長者直視著年輕男子，嘴角浮現淡淡的苦笑。

「可是，借他錢並不是您的義務呀……」

「他前前後後來了四五趟，每一回總是微微縮肩、央求著借我錢吧。那副模樣甚是古怪。老夫次次都拒絕，一陣子過後也就不來了。」

「那不是很好嗎？有什麼問題嗎？」

「人死了。他似乎早有宿疾，講起話來氣若游絲。」

「想必您心裡不太好受。」

「最後那一趟他對老夫這樣說：你只相信錢，而我相信人有重生，下一次投胎我要生在一個衣食無虞的家庭！當時老夫只覺得這傢伙在講胡話。那時候老夫的事業蒸蒸日上，這個信念也從未改變。」

「但是從去年開始，您有了不同的想法。」

「唔，就在你第一次來這裡的那一天。」

長者語畢，再次闔上眼睛。他臉上的皺紋彷彿比剛才更為深邃了，或許是太陽漸漸西斜的緣故。

年輕男子端起酒杯就口，卻因直打哆嗦而敲上門牙，潑出的酒液灑在身上。他顧不得擦拭，緊張地問說：

「那、那個人長什麼樣？難道和我很相像……」

長者沒有回答。這份靜謐被走廊傳來的一陣腳步聲劃破，紙門被霍地拉開，一團鮮豔的色彩奔了進來。年輕男子回過神來，問說：

「這位是令孫女嗎？長得真可愛！」

那名盛裝打扮的少女在長者的身旁坐了下來，搖著長者的膝頭，神情嬌縱地提出要求：

「我說爺爺，給錢吧！」

說著，少女微微縮肩。

長者任由少女搖著膝頭，對年輕男子說道：

「就在你第一次來這裡的那天早上，這丫頭不知道打哪兒學來的，忽然開始用這種模樣向老夫索討零花錢……」

遭到襲擊的星球

「接下來鎖定那顆星球的物種吧，一定很有意思！」

一個全身覆滿金屬鱗片的生物在太空船裡這樣告訴夥伴。

「好吧！」

其他夥伴紛紛豎起鱗片，扭動身軀，興高采烈地表示同意。提議的生物指著一顆綠色的星球，星球旁邊跟著一個月亮。

「狀況如何？」

他們透過高倍望遠鏡觀察那顆星球上的動靜。

「好極、好極！這次的是成群結隊用兩條腿動來動去的傢伙！那麼，我們這回要用什麼方法弄死牠們呢？」

「讓我想想……用熱能射線燒死的把戲已經玩過了，上一顆星球也試過了讓那些物種吸入凶暴氣體彼此殘殺。還有沒有更刺激的玩法呢？」

「你這傢伙真可怕呀……」

他們終於把攻擊的方式商量妥當。不久後，其中一名駕駛小型太空梭，朝那顆星球飛去。幾個小時過後返回母艦報到。

「任務完成！」

「辛苦了。事情順利嗎？」

「我抓到一隻，剝了牠的皮。」

「想必牠拚命掙扎吧？」

「那是當然。牠放聲尖叫，拚死抵抗，但還是敵不過我的力氣大。話說回來，這顆星球的傢伙生命力實在強韌，被剝皮了居然還能繼續動個不停……」

「有意思！那麼，接下來該怎麼處理呢？」

「我已經把那層皮交給研究小組了，請他們溶解之後製成病毒。」

「好點子！牠們的皮膚受到病毒侵襲，漸漸腐化，到時候我們就有好戲可看囉！真希望快點大開眼界！」

他們滿懷期待。等了一陣子，研究小組通知病毒已經製造出來了。

「病毒完成了！」

「好，立刻噴灑！」

他們駕著太空船繞行那顆星球一圈，將病毒噴灑在每一個角落。

「很好，再過不久就可以看到牠們痛苦掙扎的模樣了！」

「快看！毒性發作了！」

看了一會兒，他們紛紛表示不滿。

「奇怪，牠們雖然慌張，卻一隻也沒死掉？不但沒死，有幾隻看起來反而高興得很。」

「不太對勁，愈看心裡愈毛，我們還是撤離好了。」

「是啊，去其他星球吧！」

他們離開之後，遭到襲擊的那顆星球，亦即地球，正有大批神情嚴肅的學者聚集起來，共同研究該如何解決全世界人類突然同時變成赤身裸體的現象。

冬蝶

氣溫嚴寒，連空氣都快凍結成水晶的季節。黃昏時分，雪化為粉末飄了下來。這場粉雪下得有點急，幸而屋裡仍是一片初夏時節明亮舒爽的氣象。

「親愛的，過來一下嘛……」

妻子嬌滴滴的呼喚傳遍了家中的每個角落。她並沒有提高嗓門，聲音只是隨著裝設在每個房間的對講機溫柔地傳送過去。

「喔，這就過去。」

丈夫傳去了答話，放下手邊忙著的花草，站了起來。桌上那只塑膠材質的箱子裡種著一排排高度約為十公分的向日葵，正在接受強光的直射。他最近全副精神都專注在把這個迷你向日葵進一步改良成更小巧的五公分高的變種，到時候就可以拿去向朋友炫耀了。

「真是的，又有什麼事找我……」

前方的走廊壁面依序亮起七彩光線，彷彿在回應他的抱怨。

「怎麼，又待在鏡室裡了？」

在壁面流動的光線在其中一個房間的門扉上方定住後不斷閃爍。他一走近，門扉便朝左右開啟。

「幫我瞧瞧，好看嗎?……」

站在鏡子前面的妻子格外雀躍。那面鏡子的周圍簇擁著一圈小螢幕，宛如九曜星似的。每一個小螢幕上分別映現出妻子的背後、左右側或斜前方等等不同角度的身影。當站在正中央的她伸手撩起秀髮時，小螢幕上的姿勢也同步移動。那是裝設在房間不同位置的攝影機拍下後傳輸過去的畫面。

「很漂亮呀!那是時下流行的樣式嗎?」

丈夫溫柔地稱讚。

「你仔細端詳這件衣裳嘛!……」

妻子緩緩地在房間裡款步輕移，長長的禮服彷彿一片湛藍的海洋。然而，隨著擺動，組成藍海衣裳的蝴蝶紛紛拍動翅膀，漾起點點彩光。

她望望鏡子又看看丈夫，小聲唱起歌來，還歡快地輕躍舞步。一群群蝴蝶也隨著旋律，忙碌地飛來飛去。

「很美吧?我好開心唷!」

她一轉身，撲進丈夫的懷裡。瞬間，群蝶暫時停止拍翅，乖巧地等待著甜蜜的親吻結束。

「現在出門還太早吧?」

掛在牆上的時鐘滿滿的都是按照星座形狀鑲嵌的寶石。丈夫朝鐘面瞥了一眼，提起了今晚的派對。

「我知道。可是，人家想早點穿給你看嘛！」

妻子想了想，為自己辯駁。

「也好，讓蒙欣賞一下吧。」

蒙是他們的寵物，一隻猴子。

「蒙……」

「蒙！蒙！」

他們的喚聲傳到了每個房間。一會兒過後，門扉開啟，只見手腳並用的猴子蒙進來，跳上了擺在角落的那張椅子。

「蒙，好看嗎？……」

妻子在蒙的身旁轉著圈，讓牠欣賞禮服上的蝴蝶飛舞的模樣。蒙那雙深邃的眼底透著幾分悲傷，面無表情地盯著蝴蝶看。群蝶得意地在藍海衣裳上面翩翩起舞，彷彿在嘲笑著無用的蒙。

丈夫閒著無聊，漫不經心地掏出了香菸。他取出一支天然無害的捲菸叼在嘴上，一闔上菸盒，房間四個角落的音控熱能發射器立刻分毫不差地瞄準並發出射線，點燃了菸。

菸氣緩緩地散開，整個房間瀰漫著一股菸香，但那並不是蒙喜歡的氣味。菸氣一飄近，蒙立刻苦著一張臉，耐受不住地咳了幾聲。

「那麼，我再去照顧一下花吧。」

他隨手扔了香菸，走出房間。鋪在地面上的毛毯隨即如波浪般擺動，將菸灰和菸蒂運送到房間角落之後，又靜靜地恢復了原狀。

妻子再次對著鏡子，摁下一枚按鈕，劃破了這份靜謐。如春霞般的悠揚音樂從四面牆壁漫溢而出，溫柔地圍裹著開始化妝的她。被遺忘在椅子上的蒙將下巴抵在膝頭，閉上眼睛。不曉得牠是陶醉在音樂之中，還是根本沒聽就睡著了。

時間悠悠流逝，她終於完成了臉上的妝容。

「接下來呢……」

她伸出塗上螢光色指甲油的手指，摁下了珍珠色的按鈕。只要摁下這枚按鈕，腳邊便會慢慢騰起一陣香水的細霧，這樣才算是真正的完妝。

「咦，怎麼回事？」

香霧沒有騰起，連鏡子周圍的螢幕也逐漸模糊。整個房間突然變暗，唯一的光源只剩下從窗口映入的黃昏微光。

「親愛的……」

妻子的聲音沒能傳到任何一個房間。

「親愛的……」

她察覺到這點，稍微提高聲量，踩著碎步出了房門外。失去電力的門扉敞開著，走廊沒有一絲光線。她摸索著前往園藝室的途中，禮服上的蝴蝶雖然漾著彩光，卻沒能夠提供走廊的照明。

「親愛的……」

「嗯，我在這裡。這是怎麼回事？不應該發生這種事呀！」

「可是，一切都不運作了，怎麼辦？」

「妳問我，我也給不了答案呀！這下麻煩了，好不容易育種出來的向日葵恐怕毀了。電視、收音機，甚至電話都沒法用了。」

「這麼說，也沒辦法問問其他人囉？」

「不曉得是不是只有我們家停電了……」

兩人走近逐漸滲入寒氣的窗口，朝外頭張望。以往隨著太陽下山便亮起燈火的家家戶戶，此時只積著冰冷的一層白雪，在暮色漸深之中猶如死屍一般躺在地面。遠處鬧區的天空也沒有絲毫光亮，唯有如同謊言一般的孤寂蔓延開來。

「看來不單是我們家，整座城鎮都停電了。」

「是啊，這種時候太空船無法著陸，希望別發生嚴重的事故才好。」

「別嚇唬我了。」

由窗外映入的微弱光源也漸漸消失，取而代之的是從玻璃透進來的寒冷。

「好冷喔……」

妻子攏了攏綴滿蝴蝶的禮服，冷得連雞皮疙瘩都冒出來了。

「妳沒其他衣服了嗎？」

「你忘了上一件今天早上已經熔掉了嗎？內衣也只剩身上這一套了。」

「早知道就保留久一點了。」

「怎麼可能嘛！需要衣服時可以馬上從配送管裡拿到，哪一家會多留幾套穿過的衣服下來呢？而且，任何人都沒想過會發生這種事呀！」

妻子一邊說，伸手摸索找到了桌邊的按鈕摁下去。平時只要一摁就會出現杯子，接著注入滾燙濃香的咖啡，現在卻沒有半點反應。

「應該很快就會修好了吧！」

丈夫茫然地說著，啣了支香菸，把菸盒闔得啪嗒作響，依舊沒有出現熱能射線。

一片漆黑之中，只有禮服上的群蝶，以及手指上的螢光色指甲油，偶爾會晃動著幽微的光影。一切停止，悄無聲息。夫妻倆坐在長沙發上，凝視著窗景。

「原來，雪飄落時會發出聲音哦？好可怕……」

在有生以來從未經驗過的寂靜中，兩人彷彿聽見了冷雪堆積的聲響，猶如不知從何而來的命運的腳步聲，步步進逼。

「對了，地下車庫的車子裡有一台手提收音機！我去拿！」

「快點回來唷！」

丈夫沿著牆壁走出了房間。單獨留下的妻子起身，為了驅趕寒冷，踏著舞步似地跺著腳。無數的蝴蝶在黑暗中慌亂地撲翅。

「找到了！」

丈夫喊了一聲，手拎上面亮著一粒小橘燈的收音機，在地板上拖著步伐返回了房間。

「快聽聽看……」

兩人盯著橘色轉盤上的指針緩緩地移動，卻沒有聽見任何聲音。

「該不會壞了吧？」

「不可能。前天開車兜風時，不是沿路聽著節目嗎？」

「這麼說，所有的廣播電臺也都停電了……」

丈夫慌張地放開了轉盤。這台擁有完好功能卻無法派上用場、只持續發出橘光的機器，頓時令他心生恐懼。

「親愛的，我們去鄰居家瞧瞧情況吧！」

妻子帶著哭聲央求。

「可是，要怎麼過去呢？道路同樣不供電了，汽車根本動不了啊！別說步行過去了，單是打開窗戶都會立刻凍僵。更何況，即使費盡辛苦到了鄰居家，那邊的狀況也和我們家一樣呀！」

「那麼，我們該怎麼辦呢？我好冷……」

妻子低聲啜泣。

「等一下就會統統恢復正常了。乖，閉上眼睛。」

丈夫溫柔地摟著妻子，卻無法為她冰冷的身軀阻擋那穿窗鑽地無孔不入的嚴寒。連他自己的身體也同樣在這滲透進來的冷意中變得愈來愈冰。

「我餓了……」

妻子虛弱地說。

「剛才已經扭過所有的水龍頭，連一滴都沒流出來。除了在這裡等待，我們什麼辦法都沒有。」

兩人同時輕輕地吻上對方。牆上的時鐘不走了，但時間依然無情地流逝。

「好睏……」

「唔，我也是。」

「真安靜。第一次這麼舒服地入睡。」

兩人都將頭擱在對方的肩上，輕聲呢喃。

「這是一場噩夢。醒來以後，一切都將恢復原狀。」

「有派對，也有香水噴霧。」

「是啊。咦，蒙呢？是不是躲在哪個房間冷得發抖呢？」

「真羨慕蒙身上有毛呀！」

兩人斷斷續續地聊著，不知不覺間進入了夢鄉。他們並不知道自己永遠不會醒了。在收音機微弱橘光的照映下，群蝶安靜地斂起翅膀，偶爾想到什麼似地略略顫抖，然後再也不動了。在照不到光的桌子上，一朵朵向日葵緩慢地垂下頭，無聲無息地凋萎。

死亡的帷幔罩住了這棟房子。或許應該說，罩住了每一棟房子。

然而，有個細微的聲響開始在這棟房子裡到處移動。那是這個家的新主人——蒙正在展現自己的喜悅。再也不必被閃爍燈光嘲諷的蒙，把早前藏在某處的糧食搬到客房的中央享用。

填飽肚子後，牠拔下一隻椅腳，跳到貴重的古董木桌上，把椅腳像錐子那樣兩手握住後不停地搓磨桌面。

蒙毫不在意窗外漆黑夜色中紛飛的大雪，兀自在沒有人影的黑暗裡，快樂地繼續工作。

頂級保險櫃

我幾乎散盡家財，訂製了一座頂級的超大保險櫃。有人笑我做蠢事，其實他們做的事和我也沒什麼差別。

有些人買下汽車，通勤時間變成過去的好幾倍依然得意洋洋。有些人手上戴著一只滿天星鑽錶，卻從來不守時。人們一旦迷上一件事，常會為此盲目灑錢，無怨無悔。我也不例外。

原本的房子脫手了，我搬到公寓的套房住。世上沒有一個小偷的目標是保險櫃，所以外出時也不必擔心遭竊。

只要一得空，我總會不停擦拭那座保險櫃。櫃體是由鋼鐵鍛造而成，並在櫃面鍍上一層純銀。我總會左瞧右看，只要稍稍沾上了髒汙，便立刻拿起軟布擦亮。動作輕輕地、溫柔地，恰似多數人撫摸美女的肌膚時那般。擦完後，保險櫃的表面愈發銲亮，映出我的身影，令我無比愉悅。

快樂的保養程序依序完成，入夜後，我面朝保險櫃的方向躺在床上，心懷滿足地入睡。世上還有比這個更好的嗜好嗎？

「喂，起來！」

某一晚，我突然被搖醒。睜開眼睛一看，床邊站著一個蒙面男子拿刀子頂著我。

「什麼都給你，請千萬不要碰我的保險櫃！」

我不由自主大叫。沒有人希望自己的珍藏品被來路不明的傢伙隨意觸摸。無奈這時我才發覺自己的手腳受縛，根本無力阻止對方胡來。

「不准出聲！我老早就盯上你啦。快說出開鎖的密碼！」

「可是，那裡面……」

「安靜！」

男子拿東西塞住我的嘴巴。

「在紙上寫下轉盤號碼！」

沒辦法了，我只好在雙手被綁住的狀態下，勉強移動手指寫下了數字。男子粗魯地扭動轉盤。我很心疼，真想別過頭去不看。

隨著一陣《金與銀圓舞曲》的音樂盒式旋律響起，保險櫃門開啟，裡面的照明也跟著亮起，柔柔地散發出璀璨的金色光芒。那是因為保險櫃的裡面貼滿了金箔。講究的收藏家如我，不惜在這種細微之處一擲千金。

男子瞇起眼睛，宛如為那種光芒著迷一般舉步向前。他一走進去，櫃門便慢慢闔上。這項紅外線裝置也是我的得意之作。

「裡面怎麼什麼玩意都沒有啊？快開門讓我出去！」

一陣模糊不清的聲音從裡面傳了出來。接下來，他似乎在裡面奮力推門。非常好。我在裡面也安裝了一旦內部偵測到震動，隨即自動發出警報的設備。再等一下就會有人衝進來救我了。

如此一來，我又會收到一份民眾協助逮捕罪犯的酬金了。並且，保險櫃裡面的金箔又可以多貼一層了。各位請看，還有人想譏笑我的嗜好不能帶來任何實際收益嗎？

鏡子

「原來今天是十三號星期五。」
丈夫瞥了擺在房間一角的電子時鐘上的日期顯示，叨唸了一句。
「那只是迷信，別放在心上。不過，我還是會多加留神的。今晚遲些回來，所以回到家裡已經是十四號星期六囉！」
妻子打趣地說。
「說不定等妳回來，就可以看到我找到的新玩意了！」
臨出門前，妻子背後傳來丈夫的這句話。她隨即走進了黃昏的街頭。
這對夫妻的住家位於一棟摩天樓。丈夫是貿易公司的科長，兩人膝下無子，妻子婚後繼續擔任配音員。為了配合錄音時程的安排，有時候不得不在晚上出門工作。
「今晚一定要試一下！要是錯過今天，又得等上好幾個月了。」
丈夫抽著菸看電視，等待深夜的到來。他看了歌舞片、西部片……一部接著一部。那個長方形畫面上的變化令人目不暇給，時間一分一秒地過去。
「該開始準備了。」

他起身，卸下掛在盥洗室的鏡子，搬到臥室的梳妝台旁。接著，他從口袋裡掏出一封外文信，按照信上的文字稍微挪動梳妝台的位置。

「『首先對齊地球的磁力線，調整角度……』很好，幾乎不必移動就在正確位置上了。」

他把一個小指南針貼在梳妝台的鏡緣，與信上寫的角度交互比對。

「『接下來，讓兩面鏡子保持平行，間隔大小是……』」

他拿著尺測量兩面鏡子的平行位置。這個步驟雖然有些麻煩，所幸利用椅子、箱子和鐵絲這幾項物體，總算把鏡子固定住了。他往兩面鏡子之間探頭察看是否擺放正確，鏡子裡果真映出了一條無限延伸的長廊。

「一切就緒！喔，差點忘了，還要準備一本聖經……」

他從書架上拿出學生時代買的聖經，吹去表面的灰塵，帶回兩面鏡子的旁邊。

「『……透過這種方法能夠抓到魔鬼，我小時候也曾試過，有興趣不妨嘗試看看。只是，到最後其實並不怎麼有趣。』」

他讀完了整封信。然而信中對於魔鬼是何樣貌，又有何種遭遇，卻是隻字未提。

這封信是讀書時一位西班牙筆友寄給他的。年輕人對於自己無法理解的事情壓根沒興趣，那時候的他也一樣。最近他愈來愈無法忍受公司一切講究精準與效率的上班生涯，無意間從一只箱子裡翻出了這封信。

「嗯，就是現在！」

他瞄了一眼手錶，長針和短針重疊在十二點的位置上。

「果然是真的……」

隨著他的喃喃自語，鏡子的深處漸漸浮現一個小小的黑影。

「過來了……」

那道黑影在不到一秒內已經穿越無數面鏡影靠向前來。他掀開聖經，擺好姿勢等待。

「再五步、四步、三步……」

那個小魔鬼繼續往前走。

「好，抓到啦！」

他大叫一聲。就在魔鬼踏出梳妝台的鏡子，正要跳進前方那面鏡子的剎那，他猛然闔上聖經，恰恰夾住了魔鬼的尾巴。魔鬼嘶叫一聲，被倒吊在空中。他立刻移動鏡子的方向，避免魔鬼逃入鏡中。

「讓我瞧瞧，到底長得什麼模樣？」

他捏住尾巴從聖經裡拉出來，拿到光線充足的桌面上端詳。除去那條長長的尾巴，其形體與人類神似，體型比老鼠大上一些，比貓咪小上一圈。

通體黑色，如同鋼筆那般帶有光澤，唯獨耳朵特別大，但是那副可憐又悲哀的長相卻配不上魔鬼的名號。

「饒命啊，放了我吧！」

那個又尖又細的聲音同樣不討喜。

「原來這就是魔鬼哦？我還以為更有派頭一些。」

他很失望。

「求求您，放我回去！」

可悲的聲音再次傳來。

「那可不行，好不容易才抓到，怎能輕易放你走呢？每天無聊的工作都快把我逼瘋了。你施個法術來瞧瞧！」

「我不會，什麼都不會。放了我吧！」

「少騙人了！魔鬼怎麼可能什麼都不會呢？除非施出法術給我瞧，否則絕不放你回去！」

魔鬼一臉哀傷。他愈打量愈想欺負，忍不住動手敲了魔鬼的腦袋瓜。魔鬼露出了更加害怕的表情，縮成一團。

「喂，我叫你施法術啊！」

「我真的什麼都不會，請別打我。」

魔鬼的答話聲刺激了他施虐的衝動，一把抓起尾巴甩了一圈扔向牆壁。魔鬼發出嘶叫後重摔在地，虛弱地撐起身子。他又抬起腳來用力踢飛。魔鬼只拚命磕頭求饒。

「老公，在做什麼？抓老鼠嗎？……」

回到家中的妻子望著手握棒子敲打某種物體的丈夫，開口詢問。

「不，是魔鬼。」

「誰送你這種奇怪的東西？」

「不是別人送的，是我在這裡抓到的。」

丈夫倒拎著魔鬼的尾巴，簡單扼要地說明自己按照西班牙的古老傳說抓到了魔鬼。

「你那樣糟蹋魔鬼，沒事嗎？」

妻子有些擔心地問他。

「我從沒想過魔鬼居然會是這麼沒用的東西。我拿到亮一點的地方讓妳看個仔細。」

丈夫把魔鬼拿到了電燈底下。

「你說得對，真是一副窮酸樣。」

「是啊，而且什麼都不會。」

丈夫伸手扭了魔鬼的大耳朵。

「別再欺負我了，讓我回去！」

求饒聲讓妻子湧出了施暴的興致。

「好像挺有意思的，也讓我試試嘛！」

妻子扭了另一只耳朵。魔鬼的表情愈發可憐兮兮。

「把他關進箱子裡，直到他能變出把戲為止。」

「關在罐子裡好了。」

妻子從廚房拿來一只平時裝果醬用的廣口罐，把魔鬼放進去，鎖上蓋子。

「會不會悶死？」

「用不著擔心啦。據說魔鬼是永遠不會死的。」

「那麼，也不用餵東西吃囉？」

「比養小鳥還輕鬆哩！」

兩人相視一笑，很是滿意。

到了第二天早晨一看，魔鬼依然乖乖待在罐子裡。丈夫吃完早餐，抽著菸揭開蓋子，對魔鬼說：

「喂，變個把戲來瞧瞧！」

「您別再逼我了……」

魔鬼說到最後已是語不成聲了。丈夫拎著魔鬼的耳朵拉出罐外，拿菸頭燙他的背。魔鬼嘶叫著邊哭邊躲，丈夫依然不肯罷手。

「沒用的魔鬼！」

說著，又把魔鬼往牆上甩去。但是，魔鬼沒死，蜷在地板一動不動，只可憐兮兮地抬眼望著丈夫。

「老公，上班要遲到囉。把他交給我收拾就好。」

妻子提醒丈夫。

「的確該出門了。小心點，別讓那傢伙逃了！」

丈夫去公司了。那一天，妻子從早到晚都待在家裡，多虧有魔鬼可欺負，一點都不覺得無聊。

就這樣，這對夫妻擁有了世上獨一無二的理想寵物。並且，這隻寵物與其魔鬼之名恰恰相反，為主人帶來了幸福。

「欸，我升上經理的人事命令公布了，這要感謝那隻魔鬼！」

「為什麼呢？」

「不知不覺間，我在公司裡的評價愈來愈好。聽說只有我即使挨了主管臭罵，也不會轉頭找部屬發飆。聽同事這麼一說，好像真是如此。因為滿肚子怒火全都發洩在這傢伙身上了。在外頭遇到的一切不如意，只要家裡有這傢伙在，就不會留到隔天還在生悶氣。這樣一想，實在同情那些只能把氣出在部屬身上、買廉價酒澆愁或是打小鋼珠發洩的人。」

「有道理。你最近對我也體貼多了，不再隨便發脾氣。」

這時候，尾巴被綁在椅腳上的魔鬼正瑟瑟發抖地聽著這對夫妻聊得十分起勁。

夫妻倆心中的怨氣全都靠魔鬼紓解。從他們蹂躪魔鬼的殘忍程度，可以看出當天遇上了多少不愉快的事。

「氣死我了！快把那東西拿過來！」

某天，妻子外出回家，剛關上大門就大吼一聲。

「怎麼了？」

妻子沒有回答，逕自從手提包裡找出一支粗針，用力扎進魔鬼的身體。魔鬼痛苦地嘶叫哀嚎：

「太殘忍了……」

妻子拔起粗針，又一次扎下，就這樣反覆扎了又扎。

「呼，總算消氣了。」

「到底發生什麼事了？」

「不久前開拍的新節目有個重要角色的配音工作被搶走了。不過現在想想，另一個配音員確實比我合適。」

妻子已經像個沒事人似地，語氣和往常一樣愉快。

「那支針哪裡來的？」

「回家的路上去買了號數最大的針。」

「真周到。該吃飯了。」

兩人把魔鬼扔回罐中，享用了快樂的晚餐。

自從丈夫榮升經理之後，由於工作負擔加重，回到家裡紓解壓力的方式也更加激烈。某天，他甚至買了一柄鐵鎚回來。但是魔鬼即使腦殼被打碎了，放回罐中一夜過後，第二天早晨便又好端端地蹲在罐子裡。

妻子拿大剪刀將魔鬼的尾巴分小段剪下，同樣經過一晚又恢復成原本的長度。這對夫妻沒有把這隻寵物的事告訴任何人，當然也沒讓任何人看。這麼刺激有趣並且頗具效用的寵物，萬一被人帶走可就糟糕了。

就這樣過了幾個月。一天晚上，妻子就寢之前坐在梳妝台前梳著頭髮。擱在她身邊的魔鬼尾巴被打了結，疼得不得了。妻子梳完頭髮，不經意地拿起手持鏡想照一照髮型如何，於是把手持鏡舉到了後腦杓。

就在這一刻，魔鬼霍然一蹬，竄進了手持鏡裡。

「不好了！」

妻子尖叫。丈夫連忙跑來察看。

「什麼事？」

「魔鬼逃跑了！我只是稍微拿起這面小鏡子，他居然溜進去了！」

雖然丈夫立刻將手持鏡對著梳妝台的鏡子，調整到正確的間隔距離，可惜魔鬼早已利用這段時間逃到深處成為一個小點，接著消失無蹤了。

「看看妳幹了什麼好事！以後我們該怎麼辦？」

「人家又不曉得他會從這種地方逃走嘛！」

「我以前警告過妳了！」

「我可沒聽過！」

兩人的爭執聲愈來愈大，演變成了對罵。儘管再也沒有東西可以消解這股怒氣，但是根深柢固的習慣並沒有消失。不知道什麼時候，丈夫手握鐵鎚，妻子則拿著剪刀了。

當噴灑在鏡子碎片、沿著地板流淌的鮮血凝固，呻吟聲也停止，一切歸於寧靜之後，儘管再也不會有人看見了，然而擺在房間一角的電子時鐘依然謹守本分，將上面顯示的十三號星期五，默默地跳到了隔天的日期。

綁架

電話鈴聲在守候已久的博士面前響起。

他伸手接起。聽筒深處的黑暗中，傳來了低沉的嗓音：

「喂？請問府上老爺在嗎？」

「是，我就是！」

「您確實是那位知名的艾斯托雷拉博士嗎？」

「的確是我本人！你到底是誰？」

「請恕不方便透露。您應該已經知道這通電話的用意了吧？」

話聲說到最後變成了冷笑。

「啊，難道你……」

博士無法把話說完。對方的語氣依然平靜。

「正是。令郎在這裡睡得十分香甜呢。」

博士的聲音透著顫抖：

「為什麼要帶走我的寶貝兒子？他只是個連一歲都不到的嬰兒呀……」

「既然是寶貝兒子，怎麼會把他單獨留在車子裡，自己下車辦事去了呢？」

「啊，果然是那個時候帶走的！我只是下車買本雜誌。這麼說，你已經跟蹤很久了？」

「博士，別那麼激動，身為科學家，還是冷靜下來接受現實吧。」

「你到底有什麼目的？若是我的仇家，就衝著我來吧！你這卑鄙的……」

「噢，我對博士您沒有任何仇恨，甚至十分尊敬您。」

「那麼，你究竟要什麼？內人傷心過度，已經病倒了。」

這時，對方的聲音突然透著幾分警戒。

「博士，您該不會報警了吧？」

「沒有，還沒報警。我們考量到或許是這種情況，決定多等一下，說不定會接到電話。所以，請千萬不要傷害孩子！」

「不愧是博士。既然您如此明白事理，請儘管放心，令郎目前相當平安。那麼，我們來談個交易吧。」

「交易？你很清楚，綁架小孩勒贖是重罪吧？」

「當然清楚。您也要曉得，萬一輕舉妄動，我可不保證令郎的人身安全喔！」

「別、別衝動！你要多少錢？」

「容我直說吧。我要的是據說您已經完成的那份祕密機器人的設計圖。」

「什麼？不行，我不能給。」

「給或不給，全由您決定囉！」

「那是我為了消弭世間邪惡所設計的，絕不能交到你這種人的手中！要多少錢我都給，讓我用錢換回兒子吧！」

「唉，如同博士常說的那句話，金錢買不到研究。況且，若要用那份設計圖去換錢，我肯定能比您賣出更高的價碼喔！」

「哎，太可惡了！你還算人嗎？」

「保證是人類無誤。擁有貪欲，也就證明了我不是機器人。」

「你這種壞傢伙，絕不能留在世上！」

「請您冷靜下來，別忘了令郎還在我這裡。」

「可惡，沒辦法了，我答應你的要求吧。」

「很好，這樣才稱得上是有智慧的博士。」

「可是，我兒子真的在你那邊嗎？」

「您多慮了，令郎一直躺在旁邊的沙發上乖乖地睡覺呢。」

「這樣我就放心了。不過，為慎重起見，讓我聽一下他的聲音。」

「令郎應該還不會講話吧？」

「讓我聽他哭聲就好。只要聽到他的哭聲，我才能放心和你交易。」

「真的可以弄哭他嗎？」

「我一定要先確認兒子的安全！你拉一拉他的耳朵吧。他耳朵上的神經特別敏感，即使睡得很沉，只要一拉耳朵就會馬上哭出來。」

「這種毛病還真特別。好吧，我就按照你的要求去做。不過，萬一他的哭聲引人過來察看就麻煩了，我先關上窗戶。」

「想關就關。擔心的話，連門也一起上鎖。」

「您說什麼？」

「沒什麼。快讓我聽他的哭聲，證明他平安無恙！」

「請稍等，我現在就做。聽完哭聲以後，我們來談交易的方法。」

對方暫時停止說話，話筒裡傳來關窗的聲響，接著隱約聽見對方這樣講：

「小朋友，你爸爸說想聽你的哭聲。可能有點痛，忍一忍喔！」

博士握住聽筒的手勁加了幾分力道，等待著下一刻。強烈的爆炸聲轟然入耳。

博士將聽筒放回機座，滿意地笑了。

「沒人會發現耳朵就是引爆開關。世上又少了一個壞人。」

親善之吻

「真累人，總算到了。這趟旅程還真長。」

來自地球的親善使節團所搭乘的太空船結束了浩瀚的空間之旅，閃耀著銀色光芒的船身降落在奇爾星球首都附近的一處機場。

「大家注意，一等艙外的空氣檢查完畢之後，就會開啟艙門。再一次檢查翻譯機能不能正常使用。贈禮的箱子應該沒壓壞了吧？喂，鬍子剃乾淨了嗎？衣服記得刷一刷，仔細整理儀容。我們是地球的代表團，行為舉止要特別留意，不能讓地球蒙羞！」

團長忙得團團轉，還不忘對團員耳提面命。其實不待他提醒，所有團員早已對著鏡子梳頭刷衣了。

一名動作敏捷先行打理妥當的團員拿著望遠鏡觀察艙窗外的狀況，接著轉頭報告團長：

「看起來，城市景觀和民眾外貌幾乎都和地球相同。特別的是，不分男女都穿著短裙，不過蘇格蘭也有同樣的風俗。團長，就文明面而言，應該還是地球較為先進吧！」

「那當然，所以才由我們先行造訪，奇爾星還造不出如此優秀的交通工具。相較之下，地球稍微領先，相當於已開發的先進星球。」

「對了，團長，我剛剛想起一件事。」
「說來聽聽。」
「以往地球和奇爾星的交流通訊中，是否提過親吻的禮儀呢？」
「我也不知道，應該沒有談到那麼細節的事。有何不妥嗎？」
「這就是重點了。請團長尋找適當的機會，向他們展示在地球上會用這種方式打招呼。如此一來，我們就有很多機會和不同的女生親吻了。這趟旅程那麼辛苦，算是給我們嘗點小甜頭吧。」
「我再考慮考慮。話說回來，奇爾星和我們的文明如此相似，說不定這裡的人比地球人更常親吻呢！」
團員終於準備完成，艙門發出輕微的聲響逐漸開啟，奇爾人的歡呼聲立刻傳進太空船裡。團長龐大的身軀出現在奇爾人的面前，他清了清喉嚨，透過翻譯機說出了第一句話：
「大家好，我們來自遙遠的地球。早在許久以前，我們兩星球已經克服了空間的阻礙，透過電波互相通訊，從而得知彼此的文化具有諸多共通之處，也同樣身為和平愛好者。地球人希冀促進雙方理解以及深度強化友好關係，本使節團背負著此一重責大任，歷盡辛苦完成了這趟旅程。我們非常高興能夠與各位見面，也相信各位對我們的來訪感到歡喜。」
團長致詞結束後，擠滿機場的奇爾星人同時揮手頓足，歡聲雷動。
對於排山倒海而來的外星語言，翻譯機只能譯出嗡嗡聲而已。但是，那些吶喊所展現的熱情歡迎，早已深深烙印在每位團員的心底。

團員們互相拍肩，慰勞彼此：

「欸，我們來這一趟值得了，瞧他們多麼高興！」

「是啊，長時間太空航行的疲憊一掃而光！」

「我都快忍不住掉淚啦！」

太空船的內外瀰漫著一股感動的情緒。歡呼聲稍歇之後，輪到站在機場置備的講台上的奇爾星元首，用擴音器致歡迎詞。團長身旁的那台翻譯機將譯文傳輸到船艙裡。

「各位地球人，歡迎光臨！今後我們雙方將結為姊妹星球，更加深入交流。好了，官方致詞到此結束。首先請收下這份贈禮，接著參加遊行前往歡迎會場。」

現場再度歡聲雷動。一名美麗的女子步上了登艙梯。

「沒想到奇爾星也有絕世美女！」

「我猜她是奇爾星的選美皇后吧！」

來到登艙梯最上方的那名女子站在團長身邊，將抱在懷中的禮物遞了過去。那是一把鑲滿鑽石的大鑰匙。

「這樣看來，相同的文明會有相同的風俗。」

「是啊，親善工作應該可以順利進展。」

團員們低聲交談。團長像是站在海岸上受到暴風雨般狂烈的鼓掌聲中，接過了那把代表奇爾星友誼的美麗鑰匙。

「感謝貴國！」

身體因興奮而震顫的團長緊緊地擁抱著奇爾星小姐。一股甜美的香氣飄向鼻尖，他不由自主地把自己的嘴唇靠向對方。然而，女子卻面露為難地拒絕，而底下群眾嗡嗡作響的歡呼聲也如退去的潮水般倏然靜止。

身為先進星球的自傲，使得團長無法就此退讓。眼前這位是他長途跋涉之後遇見的第一個女性，與此同時，也想起了剛才團員提出的建議。於是，團長強自鎮定，透過翻譯機說明：

「這是地球上表示親近的問候方法，請讓我們使用地球的方式來表達親密的友誼！」

當這段話傳送到群眾的耳裡，歡呼聲比之前更加熱烈了。奇爾星小姐在明白理由之後也不再拒絕，甚至出人意外地主動將櫻桃小嘴湊近團長的臉。

兩人親吻之際，吶喊聲接近瘋狂。她逐一與團員們親吻，最後回到團長的身旁牽起了他的手。

在莊重的演奏樂中，與奇爾星小姐牽著手的團長率先步下了登艙梯。

快步前來迎接的那位胖墩墩的奇爾星元首摟住團長的肩膀，給了他一個親吻。團長心裡雖然有些抗拒，無奈自己才剛慷慨陳詞，總不好立刻訂正此種問候方式僅限女性。於是團長將翻譯機遞給元首，請對方講幾句話。元首說道：

「我們兩星球在思想和習慣上，或許有小部分不同，但基於雙方友好的最大公約數，希望能牢牢握住彼此的友誼之手！」

「自當如此！」

團長態度得體地點頭，緊握住元首的手。這時，團長的背後發生了一場混亂。其餘的團員受到群眾的熱情簇擁，親吻如雨點般落在他們的嘴上。有男人有老人，當然也有年輕女人，所以還不至於讓他們在心裡直呼倒楣……。

「大家似乎覺得諸位帶來的地球問候方式很有意思。我想很快地，這將在奇爾星蔚為風潮吧！」

元首邊說，邊示意準備下一個活動。歡快的行進曲奏起，地球親善團搭上一輛輛禮車。

「那麼，我們前往歡迎會場吧！」

大遊行開始了。團長與元首搭乘第一輛禮車，其他團員與一群美麗的女子分乘幾輛禮車，緊隨在後。

遊行隊伍從機場出發，駛進市區的大街。人潮、旗幟、彩帶、紙花、歡呼和掌聲。團員們相當感動，並且懂得適時中斷內心的感動，與身旁的美女接吻。

「好盛大的歡迎排場！這和地球上的歡迎方式完全相同嘛！」

「喂，快看！連那種舉動也一樣耶！」

一名團員眼快地發現了一幕，趕緊告知同伴。順著他指的方向看去，遠離人潮的一棟建築物裡，有個男人正在嘔吐。

「畢竟是動員全星球的慶祝活動，大概是太高興喝多了吧。這地方的人真是愈看愈親切。」

「我們等一下也可以喝個痛快囉！」

遊行隊伍在狂熱的浪潮中繼續前進，最後抵達了看似這顆星球最頂級的飯店。地球親善團被領進了擦拭得光潔無比的大理石宴會廳。裝飾著香氣濃郁花卉的餐桌上已經擺著斟好酒的精美杯子了。眾人一齊端起了酒杯。

「讓我們為兩星球的友誼乾杯……」

感動的氣氛到達了最高潮。奇爾星人同時以優雅的手勢掀起短裙，將杯中的酒倒入那條從臀部延伸出來的長嘴裡。

金錢時代

早晨，電子公雞的啼聲和往常一樣喚醒了我。客廳傳來陌生人的說話聲。我從門縫往客廳探看，有個不認識的年輕男客人來拜訪父親。我偷聽一下他們的談話內容：

「能否請您考慮也在本行也開個賄賂帳戶呢？」

從這句話聽來，應該是銀行的營業員。父親搖著頭答道：

「我在固定往來的銀行已經有賄賂帳戶了。」

銀行員繼續說服：

「但是，像您這樣經營太空貿易的貴賓，不妨再增加一個賄賂帳戶。您也知道，本行的帳務服務管理非常迅速。只要一通電話，立刻為客戶匯款，也會馬上通知對方已經入帳。還有，每天都會送上賄賂日報。」

「賄賂日報，每家銀行都發行啊？」

父親依舊搖了頭。

「如果您願意開戶，本行將會提供……」

父親與來客隔桌而坐，擺在桌面上的小型計算機開始發出悅耳的旋律。

「這個數字您還滿意嗎？」

「不能再加一些嗎？」

父親聽起來很開心。我很清楚，當父親用這種語氣說話時，代表這段談話得花上很長的時間才會結束了。原本答應今天要帶我去太空植物園玩，該不會取消了吧？

我換好衣服，走進客廳。

「父親大人早安。您好，歡迎光臨……」問候完畢，我立刻切入重點，「……父親大人，您不是答應了，今天公司休假，要帶女兒去植物園嗎？」

「臨時有工作，下回再帶妳去吧！」

我早已猜到會是這個答案了，立刻大聲哭鬧：

「怎麼可以說話不算話呢？您答應過女兒了呀……」

父親隨即伸入衣袋掏出了一枚金幣，我旋即止住單邊眼睛的淚水。父親又拿出了一枚，我這才雙眼止淚，笑靨如花：

「下回一定要帶女兒去唷！」

計算機的按鍵聲重新響起，我轉身去了餐室。口袋裡的兩枚金幣讓我雀躍無比，不自覺地用力拉出餐椅，刺耳的摩擦聲令我心頭一驚。萬一被母親聽到，肯定要打我屁股；如果不想挨打，就得拿出一枚金幣給母親。母親經常耳提面命：無論多麼開心，都必須像個大家閨秀。

幸好母親在廚房裡忙，這才鬆了口氣。

用完早餐，我去學校了。父親今天不帶我到植物園，只好上學了。

今天真不走運。一出家門，專門欺負同學的孩童已經等在門外了。

「喂，膽小鬼！」

我不覺得自己是膽小鬼，但這是專門欺負同學的孩童的口頭禪，也只好由著他說了。有時我不免想著，這些孩童怎麼不想點新台詞呢？

今天時間有些遲了，若是慢慢和他討價還價，上學就要遲到了；萬一遲到，就得給老師兩枚銀幣才行。所以我直接問了他：

「你能找零嗎？」

「當然可以！」

其實，每一個專門欺負同學的孩童身上一定準備了零錢，這句問話也只是表示答應付錢的意思而已。我給他一枚金幣，收下九枚銀幣。他堆出了滿臉笑容。

「ＯＫ！」

「你別再做這種不划算的生意，找些利潤更高的事來做嘛！」

「嗯。可是，我腦筋不好啊！」

這話也對，只有頭腦不好的小孩才去做欺負同學的這門生意。如果索費過高，交易就告吹了；有時候還會聽信對方搬出似是而非的理由，被訛走了一大筆好不容易才攢到的辛苦錢。

前往學校的巴士有些擁擠，幸好順利找到了座位。下一個停靠站上來了一位老奶奶。她站在我的面前說道：

「我說小妹妹，可以讓位嗎？」

說完，老奶奶掏出了一枚銀幣。我沒有搭理，這可是有公定價的。結果老奶奶沉著臉又給了一枚。我笑咪咪地讓了座。

「奶奶請坐！車子晃，請坐穩了唷！」

我終於準時到了學校。

第一堂是社會課。

「各位同學，在歷史上，人類曾經嘗試過各種不同的因素來主導社會的動向，從宗教、權利、主義乃至於科學等等，其中最有效的還是金錢。如果把社會比喻為機器，金錢就是潤滑油；如果把社會比喻成生物，那麼金錢就是血液。……那邊打瞌睡的是哪一位同學呢？即使是已經了解的課程內容，上課時還是要專心聽講喔！」

老師溫柔地提醒。打瞌睡的是坐在我後面的男生。真同情他，等下得繳罰金了。老師繼續講課。

「當然，國家有法律。可是各位也知道，現狀是雖然有監獄，但是沒有服刑者；雖然有死刑台，但是不執行死刑。以前的人只依靠法律來決定一切，這就像是要一部沒上潤滑油的機器運作……」

說到這裡，老師嘆了一聲，才接著講：

「……各位應該曉得，警察從不放過任何微不足道的犯罪行為，一律予以逮捕。當然，假如收到賄賂，就可以當作沒看到。不過，要是縱放次數過於頻繁，將會影響到考績與升遷，也就無法坐上能夠收到更多賄款的高位了。檢察官也一樣。在收受律師的賄款之前，必須將未來的生涯規劃納入考量。有些檢察官甚至為了加快晉升而賄賂律師，以提高受理案件的定罪率；而律師也因為有時需要賄賂檢察官，便將費用轉嫁到客戶身上。換句話說，在這個時代，犯罪是絕對划不來的行為。」

這段課程非常枯燥，可是不專心上課就得繳罰金了。

「然而，人類耗費了很長的歲月，終於讓每一個人都確切了解到犯罪是划不來的行為。也同樣費了好一番工夫，才破除了賄賂是罪惡的固有想法。那麼，當一起案件發生後，參與解決案件的還有另外兩種相關職業人士，請問是哪兩種呢？」

老師指著我。

「法官。法官負責在檢察官和律師之間協調，決定罰金的適當額度。」

「是的。不繳交罰金就會被判處徒刑或死刑。但是現代社會經濟富裕，人人都懂得盤算，絕不會有人不繳錢寧願去受刑的。好，另一種呢？」

我答不出來。原以為今天會和父親去植物園玩，沒有徹底預習功課。

坐在前面的同學伸手到背後，打暗號詢問要不要告訴我答案。只要我輕咳一聲，他就會用手指比劃，把答案告訴我。但是，我沒有咳嗽。他最近的代答費漲了價，不能讓他次次得逞。於是，我回答：

「我沒有預習到這一項。」

放學後得向老師繳交罰金了。沒有預習功課的損失真大。

「不應該沒預習功課喔。答案是證人。要想成為對案情有幫助、能夠收到高額費用的證人，就必須仔細看清楚案件的過程。若是說了錯誤的證詞，必須繳交罰金和律師費，得付出一大筆錢。各位同學一定要時時刻刻牢記在心，精準地觀察、計算與判斷。」

今天還上了數學課。這是我拿手的科目，所以從坐在旁邊和後面的同學那裡收到了代答費，總算補回了社會課的罰金。

放學後，我去找老師繳罰金。

「老師好，這是上課時的罰金……」

老師把錢收進口袋裡，接著拿出了上次的試卷給我看。

「這是上次考試的分數。妳看，只有六十分！」

「哎呀，錯了好多題，回家要挨父親罵了！老師，您幫幫我吧！」

我向老師央求，還謊稱父親規定的罰金高得嚇人。不過，把金額說得太高會被老師識破，反過來提高價碼，得小心拿捏分寸。

經過一番交涉，最終以一枚金幣的代價換得了九十五分的成績。改為一百分的成本太高，說不定還會被父親看出破綻。

「非常謝謝老師！」

我向老師道別，踏上了歸途。

回到家中，父親正在自己的房間裡按著計算機，專心想事情。

「父親大人，我回來了。您看，九十五分唷！」

說著，我送上了剛才那張考卷。

「這樣啊，考得很好。來，這是獎勵！」

父親從衣袋裡掏出三枚金幣給我。扣掉給老師的那枚，我總共得到兩枚。不過，當初假如更用功一點，根本不必付老師錢了。這樣算來，還是應該多讀書才不吃虧。從明天起，我一定要奮發圖強，再也不繳罰金給老師了！

睡前，我把今天增加的錢投入大存錢筒裡。裡面已經存了不少，我一個人幾乎搬不動。用盡力氣往前推，也只能稍微挪動一點。存錢筒裡發出的噹啷聲實在太美妙了。

上床以後，我隨手翻閱計算機的郵購目錄。顏色各異的不同機型，每一台都好漂亮。我是不是該買一台兒童款來使用了呢？有了計算機，不但可以隨時掌握罰金行情，只要按一個鍵就能馬上看到從什麼地方賺到多少錢的統計總表。萬一算錯了，可就損失慘重囉！

目錄的後半部還列出成人專用的賄賂計算機。超大機體，功能齊全。真希望快快長大，才能使用那種計算機。

臥室裡的電子貓頭鷹嗚嗚叫了起來，電燈隨即熄滅。我闔上目錄，拉高了棉被。

今晚會不會夢到賄賂計算機和滾滾而出的金幣呢?真希望能有這樣的美夢。不知道以前的小孩都夢到些什麼呢?還有，很久以後的小孩又會做什麼樣的夢呢?

宏遠的藍圖

有個青年名叫三郎。他參加了R產業公司的徵才考試，正在等待結果。某天，那家公司的總經理來找他。三郎非常訝異，納悶地問說：

「真是不敢當，請問有何貴事呢？如果合格，只要寄一張通知書就可以了；但若不合格，應該不至於勞您大駕……」

「你以最高分通過了考試，所以公司希望交付一項任務。」

聽起來似乎是一件重責大任。三郎精神為之一振，問說：

「只要能力所及，必定竭盡全力！」

「我們不會在榜單上公布你的名字，希望你去參加K產業公司的招募考試。以你的能力，一定會被錄取！」

「您說什麼？K產業公司可是貴公司的競爭對手，而且總是領先一步嗎？我之所以報名貴公司，就是認為自己可以扭轉這種局勢，一展抱負。為什麼要我去那邊上班呢？……」

滿面笑容的總經理靠向我說道：

「非常高興聽到你有此決心！這正是公司看中你的理由。如你所說，本公司再怎麼努力，別說超越K產業公司了，就連追也追不上。所以我們需要一個人探得對方的祕密，然後回報。」

「哈哈，意思是要我潛入那家公司當密探囉？」

「正是。我相信你一定可以完成任務的。事成之後，隨你開條件，甚至可以直接給你董事的職位。盡量採取穩扎穩打的策略，公司不會催進度。耗費多少時間都無所謂，不重要的祕密也不必報告。萬一在這種小地方露出馬腳，可就得不償失了。」

「承蒙總經理看重，我一定使命必達！」

總經理說服了三郎，一項宏遠的藍圖正式啟動——亦即，讓三郎通過競爭對手的招募考試，成為K產業公司的職員。

當然，進公司的第一年不可能接觸到公司的重要事務。他埋首工作，不急不躁，把第一個目標訂在努力做事以博取主管和同事的信賴。下班後的他依然潔身自愛，杜絕一切愚蠢的行為。他不能讓身邊的人起疑，更須及早爬上有利的職位，才能成為一個有用的密探。

一般職員通常在上班第三年時面臨倦怠期，覺得工作乏味、懷疑自己的才華，因而陷入低潮，乃至缺乏效率的狀態。

但是三郎卻始終對工作保持高度的熱忱。畢竟他負有明確的使命。雖然周圍沒有任何人察覺，但這個因素很大程度激發了他的熱忱。他告訴自己：我和其他同事不一樣！再沒有比這個更有意思的任務了！這個想法造就他非但沒有不滿，甚至覺得工作是件快樂的事。他甚至得時刻提醒自己切勿在不經意間流露出滿意的微笑。

K產業公司自然注意到了如此優秀的人才。他以破格的速度榮升科長一職，向公司機密又靠近了一步。不過，他仍然努力不露出蛛絲馬跡。如果在這個節骨眼暴露真面目，過去的努力將化為泡影。

三郎更加恪守本分。某一次，他甚至揭發了某個部屬將機密賣給別家公司的瀆職行為，並且立刻予以開除。讓那種職員留在公司，將會減損他潛入這家公司執行那個宏遠計畫的成就感。

這個舉動使得三郎愈發受到器重，被視為明日之星。不久，一位董事問他願不願意娶自己的女兒。

如果婉拒，對方一定會覺得奇怪，並且詢問理由。三郎答應了，並且非常積極地答應下來。再沒有比這更理想的掩護身分了。身為密探必須薄情寡義，不擇手段利用一切可用之物。好在董事的女兒還算有幾分姿色，性格也溫柔婉約。

三郎在家庭裡扮演一個丈夫的角色。要想欺騙敵人，首先必須先欺騙自己人。妻子回娘家時提到三郎總是讚譽有加。毫無疑問，這當然對那項遠程計畫起了加分作用。

他孜孜不倦，拚命工作，步步高陞，朝K產業公司的決策中樞奮力邁進。他的付出有了回報，年紀輕輕就具備出席董事會議的資格了。

這時，三郎思忖，自己差不多已經了解K產業公司的全貌，該是時候彙整報告，回到R產業公司，將這件事告一段落了。然而，心裡的另一個聲音告訴他，好不容易才走到這裡，再加油一下，或許會有更豐碩的收穫。三郎選擇了後者。

終於，抵達目的地的那一天到了。他登上足以掌握K產業公司所有祕密的地位，也就是當上了總經理。業界盛讚這位青年才俊全憑自身的實力贏得了總經理的寶座。當然，現在的他不僅知悉公司的一切，還能夠一手主導經營方向。

「很好，K產業公司是死是活，都在我一念之間。只要不著痕跡地讓它破產，我的使命也就順利結束了……」他如此喃喃自語，又接著說，「……話說回來，我為什麼非搞垮這家公司不可呢？那微不足道的報酬，哪裡抵得上我這些年來的流血流汗的付出！回到R產業公司給我董事職位也算不上什麼。就算答應我日後接任總經理，也比現在的地位差多了。」

薄情寡義的思考方式，依然深植於他的腦海裡。

與此同時，R產業公司的總經理始終滿心歡喜地等待三郎完成任務，可是等了許多年也不見任何成果。他試圖私下聯繫，只得到了冷淡的回答，一氣之下便四處散布「K產業公司的三郎其實是本公司派出的密探」的消息。儘管這是千真萬確的事實，並非無憑無據的流言，卻產生了出乎他意料之外的反效果。

聽到這種流言的K產業公司職員們非常憤怒，在新任總經理的領導之下奮力工作，於激烈的銷售競爭中屢傳捷報。最終，R產業公司宣告破產，以倒閉收場。

愛人類

「ＳＯＳ、ＳＯＳ……」

數不清的繁星美麗地閃耀在唯有寂靜的宇宙空間。微弱的電波從遙遠的那方斷斷續續地傳送過來。我獨自駕駛太空船，朝著電波發送的源頭全速前進。電波的發送點很可能有人遇難，正受困於恐懼與孤獨之中等待救援。

我是太空救難隊員。一旦收到ＳＯＳ的訊號便立刻出發救助，無暇顧及自己的安危。這件制服的胸口處閃爍的綠光的並不是五十隻螢火蟲，也不是單純的飾品，而是代表過去成功完成五十次救難任務的名譽勳章。

然而，我從事這份工作並不是為了增加胸前的勳章，而是強烈地感受到，在地球上根本難以想像人類的生命在這個浩瀚的宇宙中有多麼崇高。我根本不在意領到勳章與否。這份工作讓我只能偶爾回到位於地球的家中，但對人類的愛在我心中熊熊燃燒，實在無法捨棄這項引以為傲的任務。

「撐下去！救援馬上就到了！」

我回了訊，隨即收到一個鬆了口氣的聲音答覆：

「太感激了！我一個人根本無法應付，你是來救我的嗎？」

「對，我是救難隊員！發生什麼事故了？」

「我撞上隕石群了。這一帶隕石非常多，你也要小心。」

「收到！」

我當然注意到隕石群了，可是，總不能為了自己的安全而延遲了救援的速度。哪怕遲了一秒，一切努力都將化為無形。我甚至加快速度，繼續保持通話：

「還好嗎？還撐得下去嗎？」

「嗯。氧氣還夠，只是溫度調節器被撞壞了，溫度非常低，愈來愈睏。」

「不能睡！睡著就凍死了，保持清醒！」

我為他打氣。可是，雷達螢幕上顯示的隕石數量愈來愈多，不得不減速。如此一來，會超出預計的時間。在我抵達之前，不能讓他睡著了，一定要讓他繼續講話才行。

「喂，你從什麼星球來的？」

「地球。」

無線電傳來回答。

「是哦，我也是從地球來的。這樣講雖然不恰當，再怎麼說還是地球人好。那些住在火星殖民地啦、金星殖民地啦，還有月球基地的傢伙都太粗魯了。我一定會去救你！」

鄉愁不禁讓我提高了嗓門。我熱愛人類，絕不會因為對方居住的星球，在救難時沒有全力以赴。不過，在地球成長的我，免不了對於地球人感到特別親切。或許可以說是鄉土之愛吧。我向自己發誓，無論如何非得救出這個男人不可！

「喔，原來你也是地球人。真想念地球，我還能再次回到那裡嗎？我還能看到翠綠的山和湛藍的海嗎？」

他慢慢說了一段話。這就對了，照這樣繼續說話！

「當然看得到！在我到達之前保持清醒！」

無奈不久之後，無線電傳來近似呵欠的疲憊聲音。我得另外找話題讓他繼續說話。

「你住在地球的什麼地方？」

「日本——」

那聲音快睡著了。

「什麼？你說日本？我也是日本人！」

我更緊張了。我對種族沒有任何偏見，但既然得知是日本同胞，親切感頓時倍增。這該稱為民族之愛嗎？我駕著太空船，以高明的操縱技術駛入隕石群之間。我不可以只專注在駕駛上，還得分神找話聊。

「日本真是個好地方。加油，這艘太空船上有日本食物喔，我們馬上就能一起邊吃邊聊日本的事囉！我已經離你很近了。」

「嗯——」

傳回來的依舊是快要睡著的聲音。

「喂，你不想再看一次日本嗎？美麗的富士山，同時盛開的櫻花，紅得像烈火的秋楓……」

隨便聊什麼都好，只要能讓他思考並且答話。

「嗯……」

「你回答呀？喂，住在日本的哪裡？」

「東……京……」

他答得很慢。

「是哦，我也住東京！」

這接二連三的巧合令我十分吃驚。在這無垠的太空中，竟能遇到東京同鄉。為了回報命運之神的牽引，我一定會救出他。兩人在回家的路上，可以一直聊東京的故鄉事。但前提是，他必須在我趕到之前維持清醒。

「既然是東京，我們就能一起回家囉！回去之後來我家玩吧，我也要去你家玩喔！對了，你家在哪？」

「A區……」

「這樣啊，我住B區。兩邊很近，可以常往來。」

我已經近到用肉眼就能看到他那艘故障的太空船了。

「喂，我看到你的船了！再撐一下！」

我調整方向，小心翼翼地接近。

「喂，醒醒啊！」

我又叫了他，好半晌沒聽到回答。糟了，該不會睡著了吧？我急得連叫了他兩三次。

「嗯……」

終於回傳來答。太好了，他還活著。不過，那聲音比剛才虛弱，也更睏。如果我不找他講話，一定會立刻睡著，接著凍死。隨便什麼都好，盡量讓他多說幾句。

「告訴我，你住A區的哪裡？我要去你家玩，總得知道地址吧？」

「三〇二號公寓……」

我已經非常靠近他的太空船了。假如是在有空氣的地方，這個距離完全可以聽見彼此的聲音。我迅速按下一連串的按鈕，讓太空船停在原處。

「我現在就過去。喂，醒著吧？你叫什麼名字？」

我一面鼓勵他，一面忙著穿上太空衣。正要戴上太空頭盔時，他的嘟噥聲傳入了我的耳中。

「啊，你說什麼？再說一次你的名字？」

我聽到他斷斷續續地說出了姓名。我放下太空頭盔，灌了一口白蘭地。稍等一下他即將昏睡過去，要不了多久就會立刻死亡。接下來，我只要把那艘故障船拖回去就行了。沒能再領一枚勛章根本無所謂。即便我打從心底愛人類、愛鄉土、愛民族，但世上哪一個男人願意發揮大愛，盡力拯救一個曾經染指自己妻子的人呢？

關懷備至的生活

清晨，無數的高樓大廈猶似群山連綿。遠方白雲間，夏日漸漸升起，也將曙光送入了這間房室裡。這裡是總高八十層大廈的七十二樓。躺在床上的男人是住在這間房室的提爾先生，他在專業承攬太空旅行的保險公司上班。

擺在窗邊的玻璃雕塑，將愈升愈高的陽光反射到嵌於壁面的自動化月曆的位置，圓形的光影恰恰落在今天的日期上。

射進房裡的陽光愈發強烈。所幸，泛著微微青色的偌大窗玻璃可將熱能阻擋在外，僅允許光線進入。

除此之外，房子裡的某項設備可自動調節至舒適宜人的溫度，並讓室內的每一個角落充滿帶有淡淡花香的新鮮空氣。雖然溫度維持恆定，但花香則可按照季節與個人的喜好予以更換。現在是夏天，依據提爾先生的喜好，以百合花為基調所調和而成的香氛，從位於角落的設備緩緩地飄散出來。

壁面月曆上方的時鐘指向八點，發出了一個輕微的聲響。接著，從碩大花瓣形狀的銀色揚聲器傳出了音樂，以及畢恭畢敬的喚醒聲：

「手」扶起提爾先生，帶到了房間一隅。有一扇門隨著他的靠近而自動開啟，門後是一個堅固的透明塑膠繭形物體，那是大眾熟悉的交通工具。「手」將提爾先生放入繭形物體中。

「祝您同樣有個活力十足的一天。您上班的時候，會照常完成清掃和整理的事務。」

「聲音」一結束，繭形交通工具隨即關門，自動按下了旁邊的按鈕。

咔噹一聲，在空氣壓縮的作用下，繭形交通工具被吸入一條大管道中。這條管道可通往城市的每一個地方、甚至高樓大廈的每一個房間。藉由強大的空氣壓力推進，任何人都可以在極短的時間之內抵達目的地。

載著提爾先生的那個繭也在管道中繼續前進。裝在繭前端的小型裝置持續發出無線電波，管道接收到訊號，即可在錯綜複雜的管狀道路中準確無誤地引導至目的地。

五分鐘之後，提爾先生的交通工具停在公司門前了。

正值出勤的尖峰時段，玄關擠滿許多員工。其中一個也在塑膠繭裡的人向提爾先生打招呼：

「提爾，早。氣色怎麼那麼差？」

但是，提爾先生並沒有踏出交通工具。打招呼的同事伸手想將他拉出來，一碰到他的手陡然大叫：

「好冰！喂，快找醫師！」

很快地，醫師同樣透過管狀道路迅速趕到。醫師在騷動的人群中檢查了提爾先生的身體。

「情況還好嗎？」

「太遲了。提爾先生原本就有心臟方面的問題，突然病發了。」

「什麼時候？」

「我看看……死後大約十個小時了，也就是昨晚過世的吧。」

洞悉黑暗的眼睛

黑夜，屋子裡只有靜謐的黑暗。那是猶如被一大匹簇新的黑色天鵝絨覆蓋住的黑暗。

那扇大玻璃窗並沒有攏上布簾，屋內的黑暗卻一路蔓延到窗外。或許是因為天空遮蔽著厚厚的雲層，今晚別說月影了，就連閃爍的星星也不見蹤跡。由於座落於遠離都市的森林深處，霓虹燈的燦爛，車前燈的輝耀，全都無法照射到這間遙遠的屋子裡。

這地方的聲響，只有風吹過樹葉的沙沙作響，還有屋裡不時傳出若有所思的深深嘆息。

「親愛的，要不要開個電視呢？總得想想法子解解悶才好。」

安靜的黑暗中，發出一個彷彿難以忍受而焦躁不安的女人聲音。

「不用了。我寧願待在黑暗裡發呆。如果妳想看節目，就開吧。」

答話的男人聲音中也帶著疲憊。

「不了，我其實也比較喜歡這樣，根本提不起興趣看電視。我們變了很多，對不對？在兒子出生之前，兩人的個性都比現在開朗多了。」

「是啊……」

男人的聲音漸漸消失，取而代之的是響起輕微的金屬摩擦聲，隨即在黑暗中冒出打火機的微弱火焰。瞬間，晃搖的焰光映出了男人那張充滿苦惱的面容。隨著香菸的點燃，焰光消失，僅剩香菸前端點燃的那個彷彿呼吸般倏忽乍亮的小紅點，每隔一段時間便在黑暗中徘徊，尋找著菸灰缸的位置。

「對了，兒子在做什麼？睡了嗎？」

「應該還沒睡吧。剛才好像在隔壁房間讀書。那孩子真的很喜歡閱讀。」

兩人的話題又斷了。不停移動的香菸前端的小紅點在菸灰缸上神經質地抖動了一陣，旋即消失於黑暗之中。

這時，通往隔壁房間的走廊門咔嗒一聲打開了。然而，屋裡仍是一片漆黑。地板傳來小腳丫的跑步聲。

「爸爸、媽媽，我剛剛把蠟筆放在這裡了，不知道放到那裡去了耶？」

是小孩子的聲音。

「媽媽幫你找。我先開個燈——」

女人的話還沒講完，小孩已經開心地叫了起來：

「找到囉！就在旁邊桌子上。不必開燈了喔。」

「兒子真棒，連在這麼暗的地方都知道東西擺在哪裡，爸爸媽媽可沒辦法。你是怎麼知道的呢？」

男人問了小孩。

「我也不曉得為什麼知道，反正頭腦裡會出現很清楚的畫面嘛。而且是前面、後面、上面和旁邊的畫面同時出現在頭腦裡面。有時候會來的那個醫師也每次都問我這個問題，我實在不曉得該怎麼回答他。我也沒辦法，知道就是知道嘛。……爸爸和媽媽正坐在椅子上笑。啊，媽媽歪了歪頭。牆上那個鐘的秒針剛剛趕過長針了。我用不著轉頭就統統知道喔！」

小孩的聲音中充滿得意洋洋。

「真羨慕，爸爸和媽媽得在有光的地方才看得到，而且只能看見在臉的前方的東西。……兒子，你要畫圖嗎？」

「對呀，我想對著花寫生。」

小孩的腳步聲逐漸跑遠，消失在隔壁的房間。

等小孩離開以後，低沉的男人聲音重又響起。

「兒子有辦法在黑暗中畫圖的能力，遠遠超乎我的想像。研究學者認為，這屬於心電感應的某種型態，但我實在無法理解。況且，他居然能夠同時知道四面八方的景象！」

然而，男人的聲音中沒有一絲一毫的羨慕。

「提到研究學者我這才想到，剛剛醫師臨走前留下錢了。和往常一樣，擺在桌子的抽屜裡。」

「真是的，簡直拿人當白老鼠了！話說回來，多虧那筆生活費，我們一家三口才能住在這個人煙稀少的地方，也不好抱怨什麼了。一想到假如沒有那筆生活費，我們夫妻倆不得不帶著那孩子一起住在都市裡，將會過著多麼煎熬的日子，或許兒子被當成白老鼠的生活還好上一些。」

「醫師今天再次叮嚀，我們千萬不可以沮喪，因為兒子擁有非常了不起的能力。可是，這真的很痛苦哪！不論心裡多麼苦惱，在兒子面前都得控制表情，擠出笑容才行。而且，我們連在自己看不到兒子的黑暗中也得強顏歡笑，因為兒子知道我們的一切呀！」

「是啊，剛才兒子跑過來，我也是急急忙忙換上一張笑臉。我明白妳的痛苦，一切責任都在我身上。」

「不，責任屬於誰還沒定論。未必是你的緣故，說不定錯在我身上……」

相互安慰的聲音，到最後於黑暗中逐漸消失，只剩下濃濃的愁思繚繞不去。

「根據醫師的推論，這不是任何人的過錯，而是演化的歷程。人類為了應付愈發繁忙的交通與操作複雜的機器，一代代累積相對的能力要素，導致遺傳因子的變異，於是誕生了像我們兒子這樣的後代。」

「好複雜，我聽不太懂。」

「我也不太明白，據說和爬蟲類為了尋找糧食而演化成具有飛翔能力的鳥類是相同的道理。」

「這麼說，若是擁有兒子的那種能力，即使身在車水馬龍之中也不必像我們這樣東張西望，就算走到暗處也不需要過度提防戒備了。」

「是啊，演化的方向確實對人類有益，但何必由我們的孩子打頭陣，成為第一個具備這種能力的人呢？」

男人的聲音裡透著對不幸的埋怨。

「又開始抱怨了。兒子擁有超越一般孩童的傑出能力，醫師做出來的測驗也顯示他的智慧持續增長，我們應該對此感到欣喜，可是我一點也高興不起來。」

「那種傑出的表現是一種悲哀。活在世上，就該和其他人一樣才幸福。這沒什麼道理好說的。人們對於擁有傑出能力者身上的些微缺陷總是指指點點的，不是嘲笑他就是霸凌他，這大概屬於人類的自衛本能吧。」

「說得也是。假如兒子生在別人家，我們何嘗不會對他指指點點的呢？」

「就是說啊。倘若這真是研究學者所說的演化歷程，那麼往後很多夫妻都會生下和兒子一樣的小孩，而且他們都將會忍受和我們同樣的痛苦。雖說這種演化的過渡期是上天的惡作劇，也未免太殘酷了。我們兒子只因為太早來到這個世上，才會受到這種……」

「你說得真對！如果兒子出生在每個人都和他一樣的社會裡，就能平平順順度過一生，可他偏偏身處人人都像你我的世界上，一想到他往後將會度過什麼樣的人生，就讓我難過得不知該怎麼辦才好！」

「我也一直在思考這件事啊。現在的生活不必和其他人交流，會來這個家的也只有那位教導兒子知識、做檢測，並且研究兒子能力的醫師而已，不必去面對現實生活中的種種殘酷。可是，就這樣一輩子被當成研究材料，兒子未免太可憐了。」

「可是，總不能把他帶去體驗真實的社會呀！」

「沒錯。那孩子雖然天性善良，但萬一遭受霸凌，即使非他本意，也必將淪為一名罪犯。更何況他還擁有可用於犯罪的能力。那樣的人生，和他被當成白老鼠的一生同樣不幸。」

這些年來，夫妻間的這番對話已經重複好幾次了，談到最後總是沒有結論，只能以嘆息劃下句點。兩人再度於黑暗中保持緘默。

「爸爸、媽媽……」

冷不防，孩子的聲音在他們身旁響起。

「啊，兒子，什麼時候來的？」

男人驚訝的聲音。

「為什麼爸爸和媽媽都一臉擔心呢？是不是又為了我煩惱呢？」

「沒的事。爸爸和媽媽一點也不擔心！」

「騙人！你們的表情都很傷心呀！」

「嗯，我們不可以對兒子說謊，因為你即使在黑暗中也可以知道得清清楚楚。」

「如果爸爸媽媽不喜歡我知道黑暗中的畫面，那我會小心，以後不說了。」

「別這麼想，我們擔心的是其他事情。兒子能在黑暗中知道周圍景象，而且是同時知道上下左右的景象，這種能力是任何人都沒有的，爸爸媽媽非常自豪喔！」

「爸爸說得是。不過，如果心裡有煩惱，要不要喝點酒解悶呢？」

「那麼，就照兒子的建議，喝點小酒吧。兒子的媽也來一杯吧？」

「好呀。」

「那我去拿！」

小孩的聲音隨著活力充沛的腳步聲跑出了房間。

「這孩子真孝順。若是生來不帶有那種能力，我們一家人一定會過著無比幸福美滿的日子。就算腦筋比別的小孩差一些也無所謂。」

「別再說了。事已至此，只能順其自然了。」

不多時，玻璃杯在托盤上輕微碰搖的聲響由遠而近，小孩回到他們跟前了。

玻璃杯的碰搖聲，斟酒入杯的傾注聲。黑暗中，酒香開始隱隱飄散。

「好了，這是爸爸的。來，這是媽媽的。你們伸出手來接呀！」

「兒子，謝謝你啊。那麼，讓我們為擁有傑出能力的兒子敬一杯！」

男人的聲音中帶有幾分勉強裝出來的爽朗。

「謝謝兒子的酒唷！」

沒想到，下一秒卻傳來玻璃杯跌落地板的聲響。

「哎呀，酒灑了！我不曉得兒子的爸的手就在那裡，得趕緊擦拭才行。開燈吧！」

隨著扭動開關的聲響，屋裡的電燈頓時亮了起來。原本充斥在每個角落的濃重墨黑瞬時褪去，光明照耀在衣服沾染了酒液的這對父母身上。

他們身邊那個擁有傑出能力的小孩笑嘻嘻地說：

「在暗暗的地方什麼事都做不了，真的很不方便耶！」

特異功能者那一張沒有眼睛——亦即毫無用處的器官——的臉龐，正對著面前的兩個人笑。

慷慨之家

某日深夜，N先生正在自家房間裡閱讀，忽然察覺有人悄悄推開房門，走了進來。

「是誰？」

他回頭一看，卻見一個以黑布蒙面、手持尖刀的男子站在眼前。

男子凶狠地撂話：

「不准出聲！要是膽敢大喊大叫，有你苦頭吃的！」

然而，N先生一派氣定神閒地答道：

「瞧瞧那身古裝造型。這裡是我家，若是想找人一起玩官兵抓強盜的推理遊戲，請到其他地方去。」

「少裝傻，我是來搶錢的！廢話少說，拿出錢來！」

「哈哈，原來是強盜哦？」

「這還用問？你這傢伙還真麻煩。附近的人都說，這戶人家賺了很多錢。我都查清楚了，幫傭晚上就下班了，家裡只剩你一個人在，所以我才趁夜進來！」

「這麼說，你在執行計畫前先做過詳盡的調查囉？」

「別想騙我錢沒擺在家裡！快打開那座金庫！」

「不要。」

「不願意打開的話，我就先宰了你，再用鑽孔機和炸藥炸開金庫。這樣一來，非但你小命不保，我也得多費工夫，對雙方都沒好處，算是下下之策。你說，該怎麼做才好？」

強盜揮舞著手中的尖刀。半晌，N先生點著頭說道：

「唔，這傢伙說起話來條理分明。原本寧願一死也絕不開金庫，不過你那套邏輯說動了我，就幫你開吧！」

N先生旋動轉盤，打開金庫，藏在裡面的大量金幣呈現在兩人的眼前。強盜讚嘆地瞇起眼睛。

「好貨可真不少。」

「這些古今兼備的金幣是我的精心蒐藏，實在捨不得被別人帶走。」

強盜一邊抓起金幣塞進衣袋裡一邊講：

「照這樣看來，屋裡應該還有其他寶貝。快把值錢的玩意統統交出來！」

「怎麼可以說話不算話呢？」

「我幾時答應你交出金幣就放人了？要是勞駕大爺我多跑一趟，下回可沒那麼好講話啦！別拖拖拉拉的，當心刀子不長眼！」

「好好好，給就是了。我很中意你這種一抓到機會絕不輕易放過的性格。老實說，還有一些藏在這裡。」

N先生挪開牆上的畫作，打開了壁面的金庫，裡面還有一袋金幣。強盜拿了那袋金幣，說：

「真慷慨，慷慨得令人起疑……」

「若是懷疑，現在收手還不遲。我是為你好，放下金幣離開吧。」

「說笑嗎？怎麼可能乖乖聽令呢！走到這個地步，就得做得乾淨俐落，搜刮一空！快，把值錢的東西全拿出來！」

「太過分了，待人處世總得留個餘地嘛。」

「少囉唆！只要全交出來，我保證絕不再上門。」

強盜又揮舞著手中的尖刀。

「如果值錢的東西都帶走了，你也不會想來第二趟吧。唔，好，全給你。你的貪婪，噢不，是徹底追求利益的精神令我佩服。」

N先生拉開桌下的抽屜，裡面塞滿了各種銀幣。

「挺多的嘛。」

「全在這裡了。我看你沒帶東西來裝，給你一個提袋吧。雖然舊款的提袋重了些，但是不必擔心提到半路斷了、破了，撒得一地都是。」

「未免太親切了。」

「若是良心發現，馬上反省認錯，空手回去吧。」

「開玩笑！我現在就拎著這袋錢，跨上停在外面的摩托車離開，順利脫身，可喜可賀，這才是最聰明的選擇。再見啦！」

強盜拎起裝滿金幣和銀幣的提袋，急忙走出房間。可惜他沒能順利脫身。

說時遲那時快，就在走到門框下方時，地板倏然朝左右分開，冒出一個洞口，強盜應聲摔落。他跌坐洞底愣了好一會兒才回過神來大叫：

「喂，這是怎麼回事？」

「這是我發明的防盜緊急裝置。地板連著一台測重計，一旦測得入內者離開時重量增加，地板就會自動現出洞口，使人跌下去。」

「真狡猾，居然裝了這種陷阱！快拉我上去！」

「不行，非報警不可！」

「等、等一等，千萬別報警！金幣銀幣統統還給你，放我一馬吧！」

N先生從強盜手中接過了提袋，說道：

「刀子也交出來。不沒收的話，你又要亂揮亂舞了。」

「好吧。喏，刀子給你。」

「另外，我拿紙和鋼筆給你，你寫下自白書，承認自己搶劫了這戶人家，捺完指印後交給我。我會把這份自白書郵寄給信任的朋友。從此以後，你的把柄就握在我的手中，必須對我唯命是從了。」

強盜不滿地發牢騷，但總比被警察逮補來得好，只得聽話照做了。該還的該寫的全部完成之後，N先生才將強盜救出洞外，並且說道：

「好，從今天起，你就是我的部下了。」

「唉，倒楣透頂。如果我不肯，你就會報警逮人。到底要我做什麼工作呢？」

「銷售。我要你當業務員，努力賣產品。」

「賣什麼產品？」

「這個，就是我發明的防盜裝置。你已經親身體驗過這項裝置驚人的效果了，應該知道該怎麼介紹它。再加上你計畫周詳、永不放棄、論理清晰、抓緊機會以及追求利益的精神，擁有這麼多強大的利器，一定能做出一番成績！」

「原來你早就算計好了？」

「沒錯。就是靠著這個方法，我才能愈賺愈多。本公司從來不愁招募不到優秀的員工，連你在內，恰恰找到三十名業務員了。」

超車

明媚的陽光灑落在無限延伸的高速公路上。那名男子駕著新上市的轎車，飛也似地朝向郊外奔馳而去。新車的車況自然無可挑剔。他正要去新女友家約會。

「車子還是新的好！不，這項定律不僅適用於車子，也適用於女孩。舊款的東西就該依序脫手，換成新款的來用。這就是我的一貫原則。」

他兀自嘟囔，踩下油門。從窗縫灌入的勁風撲向他那張貌似唐璜的俊臉。爽快的微幅震動使他想起了前些時候賣掉的那輛中古車，連帶勾起了對不久前分手的那個女孩的回憶。

「你不喜歡我了，對不對？」

當他提議分手時，那個從事模特兒工作的女孩難過得臉部抽搐，央求著不肯分手。

「哎，我不是那個意思……」

他不置可否地隨口應付。死心塌地的女孩說什麼都不肯答應。

「人家不要分手嘛！不要把人家甩了嘛！」

「我覺得再繼續交往下去，對彼此都沒有好處。」

「如果再也見不到你，我寧願一死了之！」

這個台詞他已經聽得耳朵長繭了。每次提出分手，女人老是說這句話。要是這一招管用，世上就不存在分手這檔子事了。他壓根沒把這句話放在心上，又和另一個女孩打得火熱了。

萬萬沒有料到，她真的死了……

沒過多久，前女友輕生了。每一次想起這件事，心裡就不舒坦。當然，得知前女友離世的消息，任誰心裡都不舒坦。不過，還有一個原因使他的心情更為沉重。那就是他們臨別之際，她說了這麼一段話：

「就算死了，也非要與你重逢不可！我一定會找到你的！見到面的時候，請至少握一握我的手。」

他不懂她到底有何用意，成了心頭的疙瘩。每當這段話重回腦海，總覺得毛骨悚然。

「橫豎是故意嘔我的啦！一定是脫口而出的氣話，用不著在意。」

他這樣告訴自己，更用力地踩下油門，彷彿要把甩開這種負面情緒。他隨即逼近了前車。

正要超車時，他倏然打消了主意。因為前面那輛車的後座坐著一個女人，其背影像極了那個女孩。他打量了好一會兒，使勁甩了頭。

只是心理作用。一定是心理作用罷了。我今天腦筋不太正常。她早就死了。只是因為我想起了她，才把匆匆一眼的女人誤認成她了，得快點甩掉腦子裡的胡思亂想才行。要甩掉胡思亂想的念頭簡直易如反掌，只要在超車的時候看清楚車裡的女人不是她就是了。

他再度提速，在超車的過程中瞥了車裡的女人一眼。

「天啊！」

他慘叫一聲。毫無疑問，正是那個女孩！而且還朝他伸出手，彷彿在向他索討：

「握一握人家的手嘛……」

他不由自主地舉起雙手摀住了眼睛。

「車主當場死亡了。車禍的原因會是什麼呢？您是目擊者，有沒有發覺什麼可疑之處？」

承辦警官在記事本寫下案情相關線索，詢問了那輛被超越的前車的男性駕駛人。

「我一點頭緒也沒有。他超了我的車，沒多久就整輛車直直撞上電線桿了。我唯一想得到的理由就是他突然頭暈了吧。」

「謝謝配合。」

警官闔上記事本，視線不經意地落在這位男性駕駛人的車裡。

「請問一下，後座那位女士的神情似乎不太自然……」

「您誤會了，那是人形衣架。我是人形衣架的製造商，正在送貨的路上。」

「很像真人呢！」

「是啊，模特兒本人很漂亮，託她的福才能做出這麼逼真的衣架。說來可憐，她被男人拋棄了，前陣子走上絕路了。」

仙子

窗外已是春夜。霧靄迷濛，皎月若隱若現。白蝶靜靜地睡在草翠花香之間。

房間裡，十九歲的少女佳以獨自一人於椅上沉思。這並不是春天這個季節帶來的莫名憂思，而是明確的煩惱。

「有沒有什麼好法子可以挫挫她的銳氣呢？」

她低聲嘀咕。佳以口中的「她」是指另一個同歲的女孩亞依。佳以和亞依是同學，畢業後同樣志在戲劇，如今亦是旁人眼中的手帕交。

然而，那不過是第三者的觀點罷了。對佳以而言，亞依是個無時無刻都令人心存芥蒂的競爭對手。

當然，佳以讀書的成績並不差，長得標緻，也有演戲的才華；但不論哪一樣拿去和亞依一比，佳以總覺得自己略顯遜色。

她很想超越亞依。這就是佳以一切煩惱的根源。尤其像這樣的夜晚，盤據在她心裡的只有這唯一的念頭。

「難道沒有什麼好法子嗎？」

她再次嘀咕時，忽然傳來一個聲音：

「有呀！」

那是一個尖細而可愛的聲音。佳以看了一圈，最後才找到聲音的來源，當下還懷疑自己是在做夢──窗緣上坐著一個身穿天藍色衣裳的小小姑娘，彷彿是從春靄中倏然現身的。

並且，那絕不是普通的小姑娘，因為體型實在太小了，頂多和精緻的搪瓷娃娃一般大，況且背上還有一對晶瑩剔透的大翅膀。

佳以不禁問說：

「妳是誰？」

「我是仙子呀！」

「世上真有仙子嗎？」

佳以定睛端詳。小姑娘有張可愛的臉蛋，但散發出一股不同於人類的氣息。

「妳這不是瞧見我了嗎？」

「有道理。那麼，妳來這裡有什麼事嗎？」

「我瞧妳一副心事重重的模樣，想來幫幫忙的。」

「妳能讓人願望成真嗎？」

「那當然。有什麼願望就說出來吧，我可以幫妳實現。」

佳以想了一會兒，先試著問了問：

「我想要一個令人欣羨的男朋友，辦得到嗎？」

仙子緩緩拍動著背上的翅膀，一口答應下來：

「沒問題，這兩三天就送到。妳走在街上時，有個年輕人會上前攀談。他是個溫文、高尚、正直且富裕的年輕人，而且對妳一片痴情。」

佳以十分高興。她高興的不僅是能夠結識如此優秀的年輕男士，更重要的是，這下子終於可以向還沒有男朋友的亞依炫耀一番了。佳以不經意地說出了心裡的想法：

「謝謝！亞依知道以後，一定很氣惱！」

然而，仙子卻搖了頭。

「那可不見得唷！」

「為什麼呢？」

「我還以為妳已經讀過故事書了，看來妳還不曉得在向仙子許願成真的時候是有附帶條件的……仙子可以實現任何願望，但同時也會給許願者的競爭對手兩倍相同的東西。」

「請問亞依會得到什麼呢？」

「她將擁有兩個和妳一樣的男朋友呀！」

一想到兩名優秀的年輕男士爭相討亞依歡心的情景，佳以頓時失了興致。

「這個願望我不要了，換成別的。」

「沒問題，什麼願望我都能實現。如果喜歡珠寶，也可以讓妳擁有珠寶。」

「太好了，換成珠寶吧！我一直想要一枚紅寶石戒指。」

仙子邊聽邊點頭，嘴角卻浮現一抹促狹的笑意，告訴她：

「別說我沒提醒妳，亞依會得到兩倍大的紅寶石唷！」

佳以一聽，又垮下臉來。假使不能拿這枚紅寶石戒指去向亞依炫耀的話，要了也沒用處。

「珠寶我也不要了。」

「那麼，妳要什麼？」

「仙子的心眼真壞！」

「是嗎？到底是人類比較壞，還是仙子比較壞呢？我們這些仙子已經說了要什麼都給，不肯要的可是你們人類哦！」

「等一等嘛，讓人家再仔細想一想。」

佳以絞盡腦汁尋思究竟該向仙子許什麼願，卻怎麼也想不到好主意。心裡雖然想要衣服鞋子還有無數的東西，但一想到亞依全都將得到雙倍，也就不肯說出來了。

這次公演，佳以不斷祈禱自己能被分配重要的角色。但若這個願望實現了，亞依自然會得到更加吃重的角色。

在一旁等候她開口的仙子說道：

「想不出來嗎？真的打從心底想贏過亞依的話就說出來，我可以實現妳的願望。」

「該怎麼許願才好呢？」

「只要妳希望自己變醜，亞依就會變得更醜；若是希望自己的一隻手受傷，亞依就會兩隻手都受傷。」

儘管佳以一心想勝過亞依，卻不肯許下這種願望。她可不是個傻瓜。

「我終於想到了！仙子當真可以實現任何願望嗎？」

佳以陡然眼睛為之一亮，嚷嚷起來。仙子點著頭說：

「那當然！」

「既然如此，請去找亞依吧。這件事辦得到吧？」

聽了這話的仙子並不訝異。

「果然又是這個願望。大家的想法都一樣。」

「難道辦不到嗎？」

「辦得到呀！不過，我去了那邊就回不來囉！」

「不要緊。」

只見仙子拍動翅膀，旋即消失於夜空中。

從此，仙子再也不曾出現。佳以痴痴地等待，然而幸運絲毫沒有降臨在自己身上。她等了很久，終於想通了箇中緣由。

「在我眼中，亞依是對手，但是亞依並沒有同樣的想法。」

佳以懊悔不已，當初真不該放走仙子。於是，她說服自己那只是某個春夜裡的一場夢。

輪番攻擊

某天，有個提著公事包的陌生男人拜訪了經營一家小工廠的N老闆。男人一副煞有介事地說道：

「小弟帶來了一項非常便利的產品。」

N老闆皺起眉頭，擺了擺手。

「搞什麼，來推銷的啊？不買不買，現在哪有那個閒錢！」

「老闆客氣了。」

「我說的是實話。一口氣生產了大量商品以為可以大賺一筆，不料其他公司立刻推出了更新的款式，害我一個也賣不掉，全堆在倉庫裡，資金都快周轉不過來了。老實說，真想扔下這間工廠，遠走高飛。」

「老闆別說這種喪氣話。小弟今天帶來的產品，可以讓您的煩惱一掃而空。」

「橫豎又是推銷平安符之類的玩意吧？不買不買！」

「並不是那種不科學的東西。不妨稱之為清除滯銷貨的裝置。」

「可以把庫存清空當然好，若是讓我認賠扔掉，這種建議誰不會講呢？問題在於誰也不會傻到掏錢買下整倉庫的貨啊！」

「當然有。」

男人壓低了嗓門說道。N老闆一聽立刻來了勁，探出身子急問：

「若是真的，我得洗耳恭聽了。該怎麼處理呢？」

「火災保險金。」

「明白了，就是製造火災以詐領保險金的伎倆。」

「您言重了！小弟只不過是……」

男人支支吾吾的，N老闆恍然大悟地點了頭。

「我懂，絕不會報警，造成你的困擾。話說回來，這事能成嗎？放火倒是簡單，萬一後續調查中被發現破綻……」

「這就是關鍵了。外行人自以為天衣無縫，卻難免露出馬腳。這種事就得找在這方面擁有多年專業經驗的高手商量，才能達到有效、安全和精準的效果。換句話說，就是不才小弟了。」

「聽你這麼說也挺有道理的。所以，你願意接下這個案子囉？」

男人搖著頭回答：

「不不不，小弟不會以身試險，只會提供適切的建言。」

「舉例來說呢……」

聽N老闆這麼一問，男人旋即打開公事包，從裡面拿出一枚透鏡形狀的物品。

「例如這種東西的原料是可燃性塑膠，所以在火場裡會完全燒光，不會留下殘骸證據。首先用膠把它黏在窗玻璃上，然後在它的焦點處堆放可燃物……」

「懂了，好主意！好，賣給我吧！」

「不行。外行人就是在這種地方露出馬腳的。小弟必須先勘查現場評估是否適用，以免事後引起鑑定單位的懷疑。」

N老闆帶他進了倉庫。男人看了一圈，斬釘截鐵地說：

「這地方窗戶的位置不對，不適用透鏡的方法。而且那方法需要利用日光，而白天時段發生的火災所冒出來的煙很快就會被人發現，立刻撲滅火苗了。」

「這麼說，沒辦法了？」

「現在失望還太早。專家之所以為專家，本領就在此。依小弟看，以漏電最恰當了。只要裝上這個就沒問題了。」

男人從公事包裡另外拿出了一個正方形的小盒子。N老闆問道：

「那是什麼玩意？」

「這是小弟費了九牛二虎之力才完成的發明，名稱是定時啟動漏電裝置。當然，燃燒之後不會留下任何殘骸。只要把它安裝在小弟指示的配線位置就大功告成了。」

「好，這種裝置真是太棒了！」

「對了，請務必依照步驟操作。按下那顆鈕之後，將準時於兩天後啟動漏電。還有，應該不需要小弟提醒，屆時請安排出差行程。」

N老闆相當滿意這個計畫，付出鉅款買了那個裝置。不一會兒，N老闆想起什麼似地嚷嚷起來：

「糟糕，差點忘了，我根本還沒投保啊！要是縱火成功卻沒投保，可就一毛領不到了。得趕快投保才行！」

「既然如此，小弟請認識的保險員明天來拜訪吧！客戶投保時，有些保險經銷商會做詳細的事前調查，有些則不會。」

「真感謝你設想得那麼周到！那就萬事拜託了。」

「請別客氣，這屬於客戶服務的範圍。」

說完，男人告辭了。

第二天，果真如男人所說的，保險員來了。N老闆投的是高額保險，對方沒有多加過問，保單立刻生效。N老闆的人生終於時來運轉了。

不過，N老闆暫且按兵不動，等了兩個月左右。因為投保之後馬上出事，一定會令人起疑。凡事欲速則不達。

兩個月過去，N老闆心想時間差不多了，動手執行計畫。他把裝置安裝妥當，按下按鈕，到外地出差了。在他回來之前，這些滯銷存貨就會被清除得一乾二淨，變成現金入帳了。

就這樣，他過了四天左右回來一看，一切如常，倉庫還是老樣子。他推開門往裡面探看，連一件燒焦的商品也沒有，而那個裝置依然維持原狀。滿腹狐疑的N老闆卸下裝置拆開來檢查，赫然驚見裡面只填入一些塑膠碎片。即便是不具備機械方面知識的N老闆也立刻明白，這種裝置不可能發揮任何效用——自己遭到詐騙了！那個裝模作樣的男人真可惡，居然敢拿這種爛東西敲了一大筆竹槓……。

N老闆不敢去報警，愈發怒火中燒。他忽然想到，可以向經銷商打聽打聽，說不定可以問出那傢伙的住址。於是他按照保險員給的名片上頭的電話號碼打了過去，卻聽到這樣的回答：

「您打錯電話了吧？我們這裡不是火災保險經銷商喔！」

為求慎重起見，N老闆直接找上保險公司詢問，卻得到這樣的答覆：

「本公司旗下沒有那家經銷商，您太大意了。冒充保險員詐領客戶的保費是惡劣的犯罪行為，請向警察機關報案。」

N老闆等於遭到了第二重的詐騙，無奈只能氣得牙癢癢的，連找人吐苦水都不敢。就在這個時候，有人登門拜訪，對他說：

「今天是來與您分享一個好消息……」

「我現在不想跟任何人說話！」

對方並沒有因為N老闆的拒絕而打退堂鼓。

「我是偵探社的負責人。近來不景氣，有些歹徒利用這點設計了一套高明的詐騙手法，可是多數被害者自知理虧，不敢張揚，只能摸摸鼻子自認倒楣。本偵探社專門承接這一類的詐騙案，為各位討回公道。費用低廉，保證嚴守祕密……」

聽到這裡，N老闆不禁眼睛一亮，探出身子想問個詳細。但是下一刻，他忽然改變了主意，嘀咕說道：

「我受夠了！再繼續上當，連跑路費都要被騙光光啦！」

某項研究

「老公……」
妻子喚了他。男人抬起那張不耐煩的面孔，怏怏不快地回話：
「幹麼？我正忙著呢！」
「你那個莫名其妙的研究，到底什麼時候才有個結果呢？」
「天曉得。應該很快就會成功了，但也可能得多費些工夫。」
「你說，我和研究，哪個比較重要？」
「這個嘛……。哎，沒事別問這種無聊的問題！」
「這個問題很重要！」
「說不上什麼原因，這項研究令我深深著迷，總覺得這將成為某種非常偉大的成就。」
「你明明知道，比起把時間浪費在那個沒用的研究上，更應該好好珍惜我呀！」
她的語氣愈來愈強硬。他不置可否地應了一聲：
「喔……」
「別再把精力耗在奇奇怪怪的東西上，該找個正經事來做了吧！人家想要一件新毛皮！」

「過幾天就幫妳弄一件來，再等等吧！」

「人家不想等了！如果你還是老樣子不改，我可要離開你了！」

「知道了啦！」

他隨口安撫，但妻子依然繼續逼問：

「你說說看，知道什麼了？」

「我會去請大家一起幫忙。只要得到大家的幫助，這回一定能成功。我發誓！」

「那你現在立刻出去呀！我可不願意像這樣天天過著看不到未來的日子了。」

男人被妻子趕到外面去了。

「……這就是整件事的來龍去脈。可以請您命令大家都來幫我嗎？」

男人如此請求。位高權重的老者聆聽著男人的訴說，頻頻頷首。半晌過後，老者滿懷同情地搖了頭。

「我明白你對研究的熱忱，但是，我無法讓大家心甘情願地協助你。倘若你可以清楚說明那項研究成果的效益，或許可以吸引一些人加入行列。……你辦得到嗎？」

「恐怕得等到成功以後，才知道可以運用在哪些方面，但我有把握，一定會發揮驚人的功用，並且是遠遠超乎我的想像！」

「那種天馬行空的想像可沒辦法說服人，連我都能感覺到這件事的危險性。大家都覺得你在做的事像惡魔一樣可怕，有些人甚至對你避之唯恐不及。所以，我不能下令眾人去幫你。萬一功敗垂成，說不定連我都地位不保。」

「真的不行嗎？只要從投注於戰爭的人力之中撥出一小部分就夠了。我打從心底相信，唯有及早完成，才能盡快做出貢獻！」

「不行。給你一個忠告，適可而止，別再讓家人操心了。」

「真的只能放棄了嗎？……」

男人實在沒辦法死心。無奈的是，情勢比人強。他告辭了老者，垂頭喪氣地回到了妻子身邊。

「結果如何？」

妻子迎上前去問男人，他沮喪地回答：

「說是不行。」

「任誰都是這個答案嘛。好了，快把那堆廢物拿去扔掉，然後去幫我弄件毛皮回來。再不久就要過冬了，人家最討厭挨冷受凍了！」

「可是，就算寒冷，只要有……」

男人本想繼續解釋，終究作罷了。他抱起各式各樣的研究材料，再次到了外面。

不同粗細的木棒，有凹陷處的板子。板子凹下部分的周圍留有輕微燒焦的痕跡。他十分不捨地撫摸著焦痕。

手持木棒不斷摩擦板子的實驗幾乎要成功了，卻總是因為精疲力竭而不得不停了下來。他有把握，要是能夠找到幫手輪流作業，一定會增加板子的受熱程度，到最後應該就能冒出火苗了。

「火，也許只被允許在天神或是魔鬼的手中產生。即使造出來，也未必有任何用處，更何況確實具有危險性。不過，假如真能造火，該有多麼美妙啊……」

男人嘟嘟囔囔的，把懷裡的物件一股腦地扔到旁邊那條河裡。木棒和板子都順水而去了。就這樣，人類還得等上好幾萬年的歲月，才真正取火成功。

贈禮

「喂，快看！那顆星球屢次發生核子爆炸！」
「嗯。既然該星球的文明已經發展到那個階段，事不宜遲，盡快送過去吧！」
這段對話出自位於宇宙一隅的拉爾星居民。不久，他們發射了一艘太空船。

「那是什麼？有個奇怪的東西出現了！」
有個人指著天空大叫。
「好像是飛行物。」
「大概吧。我想知道的是，它是哪顆星球發射的？來到地球有什麼目的？」
「天曉得。除非等到辨識出船上搭載的生物形態才知道呀！」
當所有人都仰望天際並且陷入混亂之際，那個東西已經在市郊的空地降落了。
人們很快就發現那艘不明飛行物體並不是地球製造的。因為它太大了。約莫有百層摩天樓那麼高。人人都納悶，充滿好奇與不安的視線集中在那個東西上。
一會兒之後，那個銀色物體的局部發出了聲音。隨著一陣嘎吱聲響，有個像是門的結構緩緩打開了。

「裡面的傢伙終於要現身啦！」

「不知道會是什麼樣的生物？」

緊張的氣氛逐漸攀升。然而，鴉雀無聲的狀態並沒有維持太久。眾人同時發出了慘叫。

「危險！快逃！」

「天底下居然有那麼恐怖的怪獸！我們要被牠踩死啦！」

怪獸的稱號確實當之無愧。單就外貌而言，儼然是蜥蜴與河馬的綜合體，體型接近常見的大樓，粗壯的六隻腳慢吞吞地邁著步伐。每邁一步，其腳底下的物體皆被踩得粉碎，無一倖免。並且，這種怪獸不止一隻，而是將近十隻。

體色像是鐵鏽的顏色。不單是體色，連軀體本身也如鋼鐵一般強壯，不，是超越鋼鐵之上。

有人基於本能朝牠開了槍，子彈被牠的皮膚給彈開了。

政府單位立刻緊急封鎖該區域。民眾迅速避難，軍方從遠處部署了武器。

「瞄準，發射！」

火箭筒不停地發射，怪獸卻毫不退縮。

「不行，換成導彈！」

然而，導彈也沒能發揮什麼效果。那群怪獸儘管體型巨大，動作卻意外迅速，靈巧地左躲右閃，軍隊發射的飛彈根本無法命中目標。每當怪獸閃躲飛彈時，又會多出幾棟建築物被踐踏摧毀了。

如此頑強的對手，僅憑一國之力實在無法招架。該國立刻向各國求援，而各國也迅速提供了援軍。倘若不同心協力，恐怕全世界都將遭其蹂躪，片瓦無存。況且那群怪物已經出現繁殖的跡象。

國與國之間的對立盡皆暫且擱置，各國滙聚一切力量於解決怪獸的難題。情報分享、研究交流，不惜動員所有的科學力量。架設通上高壓電流的鐵絲網、遍撒摻了各種毒物的食物、埋設地雷、噴出催眠氣體……不確定究竟其中哪一樣奏了效，總之那群橫衝直撞的怪獸總算安靜下來了。

相關人員這才鬆了口氣，互相握手道賀：

「終於擊垮了！雖然力大無窮，似乎並不怎麼聰明。」

「是呀，真是捏了一把冷汗。不知道哪個星球居然送來了如此可怕的怪物。不過，我們不可掉以輕心，往後一定還會發生這種事。我們必須停止地球上的相互爭奪，共同對付來自宇宙的敵人！」

「對極了！現在想想，過去國際間原子彈和氫彈的實驗競賽形同無稽。大家都不要再做那種荒誕的事了。」

「發射太空船之後，沒有再觀測到核子爆炸了。」

拉爾星的天文台發布了這項報告。

「太好了！看來，我們誠心餽贈的禮物發揮了效用。」

「那是當然。不管是誰見到這麼可愛的生物，心情都會平靜下來，暴戾之氣也跟著消散無影。想必那顆星球的居民目前過著快樂的日子吧！」

幾名身材巨大的拉爾星居民邊聊邊摸著正在腳邊撒嬌玩鬧的那些六腳寵物的頭，笑眯了眼睛。

無力購買如此高昂的商品。」

詹姆先生的鸚哥簡要報告「她說不買」，他低聲吩咐「想辦法推銷」，於是鸚哥用比剛才更加熱情的聲音說：

「話雖如此，但這樣具備高度便利性的產品實在難得一見！它可以抵達手搆不到的背部，即使面前就有客人也不會被察覺。還有，不需要打斷工作以騰出手來抓癢，可以減少無謂的勞力支出。至於在金額方面，小弟一定盡力提供一個最優惠的價格。」

「他要妳非買不可。」

「真煩人！」

主婦肩上的鸚哥與她一陣交頭接耳之後，這樣回答：

「可是，我買所有的東西之前都必須先徵得外子的同意。不巧外子還沒回來，無法徵詢，今晚我再詳細轉告。您下回經過這一帶的時候，若是方便再請順道來一趟。我是想買，但需要外子答應才行。真的很不好意思。」

詹姆先生的鸚哥將這段話濃縮之後報告：

「叫你快走。」

詹姆先生只好死心，把電子蜘蛛收進公事包裡，嘟囔了句：

「不會再來了啦！」

他肩上的鸚哥恭敬地告辭：

「小弟明白了，十分遺憾。那麼，近期內再找機會登門請教。今日多有叨擾，請恕失禮，並請代向尊夫問安。」

詹姆先生離開了玄關，將自動輪鞋的馬力調到更強的段速，與站在肩上的鸚哥一同回到了公司。

他坐在辦公桌前，按著電子計算機計算今天的銷售總額。這時，忽然經理的鸚哥喚叫他：

「喂，詹姆！」

「唉，又要訓話了。」

詹姆先生不禁牢騷。肩上的鸚哥向經理回話：

「好，馬上就來。先讓我整理一下桌面的文件……」

不久，詹姆先生站在經理的桌前。他嗅到一股咖啡的氣味，應該是經理拿咖啡香味噴霧器往嘴裡噴了一下之後散發出來的味道。經理肩上的鸚哥板起面孔訓示：

「詹姆，聽好了，你應該非常清楚，公司目前正面臨必須急起直追的關鍵時刻。然而，近來檢覈你的工作績效，總覺得應該還有增長的空間，不得不說實在遺憾。希望你能認清這一點，在工作上發揮更加亮眼的表現！」

詹姆先生的鸚哥小聲告知「要你多賣點」，詹姆先生喃喃回答「哪有那麼簡單」。他肩上的鸚哥隨即以兢兢業業的口吻對經理說：

「我很清楚，也下定決心提升營業額。可是，其他公司最近在商品項和行銷企劃上持續推陳出新，推銷不像過去那樣容易了。我當然會加倍努力，但也由衷期盼經理可以敦促研發生產部門加速製造更多新產品，對於銷售必定大有裨益。」

鈴聲響起，下班時間到了。詹姆先生總算熬過了這天的工作。他將肩上的鸚哥鎖進置物櫃裡。一整天到處奔波，實在累人。

回家的路上得去酒吧坐一坐，才能轉換心情。詹姆先生推開了時常光顧的小丑酒吧的店門。歐在媽媽桑肩上的鸚哥見到他，隨即發出妖魅的嗓音迎客入門：

「哎唷，這可不是詹姆先生嗎？歡迎光臨！好一陣子沒見您來了呢。店裡若是少了像詹姆先生這樣瀟灑的貴客，氣氛總顯得有些冷清……」

對詹姆先生而言，這是他一天之中最為舒心愜意的時光。

受害

「喂，醒醒！」

深夜時分，獨自熟睡的L先生被一個陌生的聲音喚醒。他想爬起來，卻發現自己無法動彈，全身被牢牢綁在床鋪上了。他慌忙張望，赫然看到床邊站著一個面容凶狠的男人。

「你是誰？想做什麼？」

「別管我是誰。不准大叫，拿出錢來！」

對方簡單扼要地表達了來意。L先生明白了眼前的男人是強盜。

「我沒錢。」

「少胡扯！前陣子或許手頭緊，現在的你可大不相同囉。最近大家都說你突然發了大財。」

「的確，我一直過著有一頓沒一頓的窮酸日子，直到最近手頭才寬了些。外頭的傳聞，確實不假。」

「既然如此，家裡應該有錢。快說，錢藏在哪裡？」

「很抱歉，沒錢。」

「你耍人嗎？說句沒錢就想打發我？」

「錢是有，但手邊沒留，都存到銀行了，就是深怕擺在家裡會遭小偷。所以，只能讓你空手而回了。」

「你說啥？你以為說句家裡沒現金，我就會摸摸鼻子大搖大擺地走出去？告訴我，那是什麼玩意？」

說著，強盜指向房間的角落。

「保險櫃呀！」

「屋裡擺了那麼大一座保險櫃，你以為我沒長眼嗎？我還沒瞧過如此氣派的哩！」

這座保險櫃的尺寸連強盜都不禁讚嘆。高大堅固，面板還有密碼轉盤。L先生滿臉笑容。

「不錯吧？特別訂製的。」

「裡頭肯定藏著珠寶之類的值錢玩意。」

「不是珠寶啦，也不是金子銀子或藝術品之類的，而是沒意思的東西。」

「喂，我可不是來玩猜燈謎的！快點打開，把裡面的東西交出來！」

「不行，我不能打開。」

「照這樣看來，一定是很貴重的東西。該不會是招財用的開運寶物吧？」

「呃，挺接近的。裡面放了什麼，和你沒有什麼關係吧？」

「關係可大了！我非得撈一筆才肯走。少囉唆，快開！」

「我真的沒辦法開呀！」

「為啥？」

「別的不說，我被綑住，連動都不能動。」

「有道理。不過，萬一鬆綁了，你說不定會找機會逃跑。這樣吧，說出密碼，我來開。」

「可是……」

L先生依然支支吾吾的，強盜終於掏出刀來，粗聲喝叱：

「喂，你拖夠了沒？我可不是來做客的，不可能兩手空空地回去。如果死活不肯說出開鎖的密碼，這把刀子就要捅人啦！再貴重的東西都比不上你這條小命吧？」

L先生意識到事態嚴重，不得不點頭答應。

「知道了，活著總比被殺了好。我這就說，請別動粗。」

「很好，快說！」

L先生說出了密碼，強盜依序旋動保險櫃上的轉盤。完成之後，他面露喜色地拉開櫃門，朝裡探看。

「可惡，啥都沒有？氣死我了！」

強盜嘀咕著，方才的氣勢瞬間消退，換上一張哭喪的臉。屋子裡也沒別的東西值得拿，他只得垂頭喪氣地離開了。

目送強盜出去後，L先生這才放下心來，自言自語：

「哎，總算走了。天亮以後，應該有人來救我吧。話說回來，真沒想到那個壞強盜居然帶走了那個要命的東西——保險櫃裡鎖的可是以前賴在我身上的窮神呀！前些時候好不容易才連哄帶騙地把那尊窮神關進那裡面了。我剛剛親眼看到，櫃門一開，那尊怒氣衝天的窮神根本不管眼前的人是誰，當下以迅雷不及掩耳的速度跳進強盜的口袋裡了。」

謎樣的女人

那女人若有所思地徘徊在向晚的街道上。年約二十歲，姿色不算差。擦身而過的員警覺得不太對勁，上前搭問：

「您好，這不是攔查盤問，只是想問一問是否有需要協助的地方？」

員警擔憂這名女子打算跳河自殺或臥軌輕生。女人停下腳步，抬起頭來，但卻一臉茫然，沒有回答。員警按例掏出記事本依序詢問：

「請問您住在哪裡？」

「我……」

女人說了一個字，旋即噤聲不語。

「我懂了，離家出走了，對不對？建議您最好打消這個主意。凡是離家出走的人，最後的結局都令人不勝唏噓。假如一個人回家有些為難，我可以送您回去。請告知大名和住址。」

「我……」

女人再度欲言又止。

「不必多慮。或者，您不是離家出走，而是有其他的難言之隱？願意的話，請儘管告訴我。」

女人抬手扶額，終於說了一段話：

「我若是知道當然願意說，問題是什麼都不記得了，連自己叫什麼名字、住在哪裡都想不起來……」

員警愣在原地，好半晌只能看著眼前的女人。這種案件他是頭一回遇到。

「喔，也就是所謂的失憶症吧。為什麼出現了這種症狀呢？」

「怎麼會這樣我也想不出來了。」

失憶了，也就不記得之前的那段經過了。身為警察，既然在路上發現這樣的民眾，自然不能視若無睹，員警便將她帶回局裡。

對警方而言，無疑抱回了一顆燙手山芋。員警首先打開她的手提包，裡面沒有名片或電車月票，也沒找到其他可供辨識身分的物件。局裡的員警們一起幫忙問了很多問題，她只歪著頭想、閉上眼睛思索，或是咬著指甲尋思。事態沒有任何進展。

如果是嫌犯，還能嚇唬嚇唬讓對方從實招來，可惜這個方法不適合用在她身上。當下的情況比尋獲身分不明的屍體更棘手。若是死屍，還能在陳屍處尋找線索、脫下所著衣物與解剖屍體進行調查，可是面對一個活生生的人……。

不久，警方找來長期配合的醫師幫忙。醫師做完初步的診察之後告知：

「沒有發現頭部受到撞擊或者吞服藥物的跡象。我推測原因可能是心理創傷，但這不是我的專長領域，建議送往大型醫院請專業醫師治療。」

一聽到醫師的建議，這群警察無不眉頭深鎖。送請專業醫師治療不是問題，問題在於沒人能夠估計需要花多久時間才能治癒。她目前還是身分不明的狀態，無法使用健康保險，萬一這個症狀久久無法痊癒，累積起來的治療費恐怕將是天文數字。

假如是現行犯，只要移送地檢署偵辦即可；如果是鬧事的醉漢，只要訓斥一頓趕回去即可；倘若是屍體，只要送進停屍間的冰櫃就行。但是，一個失去記憶的人，沒辦法用上述任何一種方式處理。

當天暫時收留她在局裡睡一晚，明天睡醒後，若是依然沒有恢復任何記憶，恐怕只能聯絡報社請記者寫篇報導了。說不定親朋好友看了報上的照片會認出她來。

翌日早晨，員警問了女人：

「如何？睡了一覺，有沒有想起什麼線索呢？」

「還是不行。不過，腦海裡浮出了幾個數字，似乎和我有某種關聯……」

女人說出了一組數字。員警抄下來，思忖片刻。

「有可能是電話號碼，值得進一步調查。」

員警根據這條線索，聯絡到那支電話的持有人。那位男士來到了警察局。

「不好意思，麻煩您跑這一趟。昨天帶回了那位身分不明的小姐，不知道該怎麼辦才好。如果您認識她，那就再好不過了！」

員警指著那位小姐。男士看了，點點頭。

「當然認識！我是劇團的導演，她是團裡的演員。她為什麼會在這裡呢？……該不會做了什麼違法的事吧……？」

員警總算鬆了一口氣。終於找到能夠帶她回去的人，可以結案了。

「不是的，只是讓她在這裡過夜而已，您現在就可以帶她離開了。她似乎受到了精神上的打擊。請多多安慰，相信很快就能好轉。」

「我昨天確實在排演時訓了她一下，說她的演技太蹩腳，簡直和外行人或童星差不多，讓她徹底展示真正的演技，否則就別想當下一齣劇的女主角了。真沒想到會對她造成那麼大的打擊。」

男士感到不可思議，急忙辯解。那部分超出警方的職權範疇，無須介入。只要問題得到解決就好了。

「總而言之，我們警方可以放心了，昨天還擔心該怎麼辦才好呢。那麼，希望小姐盡快恢復記憶。」

員警送兩人離開了警局。女人在男士的護送之下，踏上歸途。她邊走邊靠向男士的耳邊講起了悄悄話：

「我想和導演談談關於下一檔戲《失去記憶的女人》的主角人選……」

啄木鳥計畫

遠離都市塵囂的森林裡有一間小小的屋子。然而，那並不是別墅，而是歹徒團夥的基地。

某天，團夥首領召來了一幫嘍囉，正式宣布：

「我想到一個偉大的計畫！這個計畫需要你們幫忙出力。」

「去銀行搶劫嗎？」

那幫嘍囉一聽，頓時來了勁，卻見首領擺了擺手。

「不是那種小鼻子小眼睛的把戲。這項計畫工程浩大，過去從來沒有人想到。有沒有興趣呀？」

「當然要效力！我們聽從老大的吩咐。」

「好，你們先去城裡買鐵絲網。」

那幫嘍囉不懂首領的用意，個個歪著腦袋瓜思索。

「要用在什麼地方？」

「用來打造一大間鳥籠。」

「老大，您還好吧？搭個鳥籠哪裡是浩大的工程呢？」

「我要在鳥籠裡養上很多隻啄木鳥。」

「愈來愈不明白了。」

首領向滿臉不解的嘍囉解釋：

「既然連你們都聽不懂，表示這項計畫應該可以神不知鬼不覺地順利進行了。我有把握一定會成功！」

「啄木鳥究竟是用來做什麼的呢？」

「我要訓練牠們一看到按鈕就會用鳥喙去啄。訓練完成之後，放牠們飛去城裡。你們猜會怎麼樣？」

「牠們會去啄房子的門鈴吧？」

「沒錯。不光是門鈴，還會到處去啄火災警鈴和緊急求救鈴等等。」

聽著首領的解釋，那幫嘍囉總算恍然大悟。

「想必警察會忙得團團轉吧！」

「不僅如此，若是偷溜到自動化工廠亂啄按鈕，就會製造出一大堆不良產品；假如飛進擺設電腦的房間裡亂啄按鍵，就會運算出亂七八糟的答案。」

「整個城市會變得一團亂囉！」

「就等這一刻！我們趁著這場混亂偷偷進城，想拿什麼就拿什麼。」

「原來如此，我們這下懂啦！不愧是首領，這計畫妙極了！儘管交給我們，馬上去做。」

那幫嘍囉造了很大的鳥籠養啄木鳥，母鳥還生出許多小鳥來。除了每天餵食，還要訓練牠們用鳥喙去啄按鈕。

一段時日過後，首領看準時機成熟，便打開鳥籠讓啄木鳥全都飛出去。

「接下來就聽著收音機準備出動了。等一下必定會插播緊急新聞，那時我們就可以搭上卡車出發了。」

他們等了又等，一直沒有等到緊急新聞。就這麼枯等到入夜以後，總算等來了一則不怎麼引人注意的報導：

「今天，一處位於郊區的鳥類研究所似乎遭惡作劇者入侵，不慎觸及門控按鈕，致使做為實驗之用的許多飼養老鷹飛了出去，好在多數老鷹已於傍晚返回所內。惡作劇者的身分仍有待查明。該研究所表示，若有民眾受到老鷹造成的損失務請聯絡，所方將會賠償相對的損害金額……」

聽到這則報導，歹徒團夥頓時大失所望。

沒想到啄木鳥一開始就啄了最不該啄的按鈕。費盡辛苦才養大的那群啄木鳥，恐怕都淪為老鷹填肚子的佳餚了。大發橫財的計畫失敗，甚至虧了不少錢。更窩囊的是，他們根本不敢出面索賠。

診斷

孤伶伶的房裡，年輕男子躺在床上沉思。不久，年輕人睜開眼睛，緊抿的嘴脣展示了他的決心。他起身，走向房門，扯開嗓子大喊：

「護士小姐，麻煩過來一下！」

不久，一陣腳步聲在房前停下，有個女子的聲音從門外傳來：

「這麼大聲嚷嚷的，有什麼事嗎？」

「請讓我和院長見面，我有話非告訴他不可！」

「又來了！告訴過你很多次了，院長是個大忙人，如果你又要談那件事，等院長有空的時候再說吧！」

年輕男子雖然得到了不帶善意的答覆，仍舊不肯罷休，繼續懇求：

「拜託您將心比心，幫個忙吧！一想到這種狀態將永遠持續下去，簡直要把人逼瘋了！我已經在這裡忍耐了那麼久，也不是沒想過算了就繼續熬吧，但是不行呀！我在這裡乾耗日子，只能眼看著外頭的那項計畫離終點不遠了，再不阻止恐怕難以補救。我非得快點出去處理不可！」

「可是那件事院長已經向你當面解釋過好多次了，最近談話的次數甚至比以前更頻繁呀？」

「求求您了，今天一定要得到一個能讓我心服口服的結果不可，或許這是我最後一次提出要求了，請讓我和院長見面吧！」

「好吧，我去請示看看。」

腳步聲逐漸變小，過了一陣子又走回門前。女子帶來了答覆：

「院長說可以見你，但請不要占用太多時間喔！」

「知道了。」

外面解了門鎖後，房門打開了。護士小姐領著年輕男子，將他送到了院長室門口。他敲了門。

「請進。」

他進入院長室，與院長隔著一張大辦公桌相對而坐。

「心情還好嗎？」

年邁的院長笑咪咪地問候，年輕男子卻沒有回以笑容，而是上氣不接下氣的急切語氣說話：

「該放我走了吧？我沒病，精神狀態正常得很，這一點你比誰都清楚！我再也受不了這種日子啦！」

「別那麼激動。只要病情好轉，隨時都可以讓你離開這裡喔！我也由衷期盼那一天盡快到來。不過，暫時還不能讓你出去。」

年輕男子用力拍桌。

「胡扯！這一切都是伯父和你編造的謊言！根本是我那個監護人伯父和你共謀，把我關在這裡的！等到被放出去的時候，想必我的財產早就被他轉移一空了。這就是為什麼到現在還不肯讓我出去的緣故。快放我出去！」

「別激動。你的問題就出在那個幻想上。除了那個幻想，你一切正常。所以只要靜養一陣子，一定會康復的。」

「你反來覆去老講這幾句話！嘴上說快好了、快好了，其實在那張和藹的面具底下卻像惡魔一樣心懷詭計！不對，你一定已經從伯父那裡分到一杯羹了！」

「安靜一點。如果再大吼大叫的，就要讓你回去病房了。」

「太過分了！我一點病也沒有啊！連張診斷書都沒有，憑什麼把我關在這種地方呢？」

「假如要看到診斷書才甘心，就給你看吧。」

院長從椅子起身，走到角落的櫃子前翻找出一張文件，遞給了年輕男子。

「早猜到是這麼回事！這不是你開立的診斷書嗎？想寫什麼都可以亂寫一通。像這種和我伯父勾結的壞人瞎謅的診斷書只在你自己的醫院有用，拿去外面的醫院絕對行不通！」

院長面露慍色。

「別再胡鬧了，寫在上面的診斷非常正確，不論拿給誰看都禁得起考驗！好了，快回病房去。」

年輕男子搖了頭。

「我不回去！我要保留這份診斷書！」

「唉，你不還給我，我再寫一份就是了。況且，假如那份診斷書真如你所說的是瞎謅的，你拿著也沒用處呀？你自己想想也知道這個邏輯說不通吧。別再鬧了，回病房去。」

然而，年輕男子依然不肯歸還，反倒露出了踏進院長室之後的第一次笑容，說：

「我一直想拿到這個東西。你猜，我拿它要做什麼用呀？」

「不知道。你想做什麼用？」

「你和伯父勾結，把我害得這麼慘，這個深仇大恨我非報不可！假如說什麼都不肯放我出去，至少要讓你嘗嘗苦頭！只要有這張診斷書，不管做了什麼事都不能把我定罪。怎樣？現在還要說我腦子不正常嗎？去死吧……」

年輕男子得意地吶喊著撲向院長，猛然掐住他的脖子。

所幸，院長在失去意識的前一刻按下了緊急求救鈴。

一群醫院工作人員衝進室內即時制止了年輕男子，帶走了他。

「唉，差點上了黃泉路。那名患者腦筋還真靈光。」撿回一命的院長自問自答，「是呀，那小子腦筋不差，是個正直的青年，唯一的問題就是幻想自己擁有龐大的財產。」

志同道合

銀光閃閃的太空船載著一支探險隊，在遼闊的空間中無聲地航行。隊長命令一名部屬：

「看一看儀表，計算總飛行距離的概數。」

「收到。從地球出發到現在大約飛行了兩千光年，已經來到很遠的地方了。這必須歸功於太空船的推進性能有了劃時代的進步。」

這支探險隊已經造訪了許多星球，取得了耀眼的成果。

「雖然不少星球上的居民已經具有文明，但是幾乎找不到哪一個能夠自在交流的。」

「是的。與低度文明的居民交流毫無意義，但與高度文明的居民交流更不輕鬆。他們表面上客氣接待，其實內心十分輕蔑。實在不容易找到彼此志同道合的星球。」

此時，雷達室向隊長報告。

「前方發現行星！」

「什麼樣的行星？」

「該行星具備可能存在居民的所有條件。」

「好，提高戒備，切換到降落模式。希望這次是可以自在交流的居民。」

太空船愈來愈接近那顆行星，美麗的城市景象映入了探險隊員的眼裡。太空船緩緩降落在城市旁邊的草原上。

從艙窗觀察外界，只見大批居民面露驚訝地從城區湧到了草原上。那些居民的外貌和地球人一樣。隨著距離的由遠而近，他們臉上的表情先是從訝異轉為戒備，再變成了好奇。當他們來到太空船的前方，已經表現出歡迎了。

這種轉變並不只是面部的肌肉移動，而是真正的情感變化。太空船上配備了可以得知對方情感變化的探測儀。在雙方能夠使用語言溝通之前，只能仰賴探測儀了。在這趟航程中，這台探測儀發揮了絕大的功效。探測儀的指針從訝異、戒備和好奇，最後停在了歡迎的刻度上。在其他星球時多半停在敵意或輕蔑的刻度上，像今天這樣的結果相當罕見。

「難得有居民打從心底歡迎我們！」

「會是什麼原因呢？」

「不知道。也許是這裡的居民擁有良好的素養。如此看來，我們走出太空船應該不會遇到危險。」

無論是基於何種原因，可以確定的是，這個星球的居民如同探測儀顯示的狀態，相當歡迎這群不速之客。雖然探險隊員還是配上武裝才踏出艙門外，其實心裡覺得是多此一舉。那些居民連一把小刀都沒帶。

星球的居民比手畫腳地領著探險隊員進入城內。一棟棟建築物都是用色彩繽紛的玻璃打造而成，上面還綴滿前所未見的各種寶石，美得像一道道彩虹。

探險隊員受到的熱烈歡迎，也使他們感覺彷彿來到彩虹裡面那般幸福，一個個高興地合不攏嘴。

「這個星球太棒了！美麗的城市，貼心的款待，豐盛的宴席。我們第一次來到這麼自在的星球。地球今後要與這個行星進行更多的交流，補充交換彼此缺少的東西。」

「話說回來，得快點學會他們的語言，才好表達我們的謝意。」

不久，探險隊員逐漸了解當地的語言，能夠進行簡單的對話了。

「謝謝你們！」

探險隊員先開口道謝。星球的居民同樣回答：

「謝謝你們！」

「太客氣了，該感謝的是我們。謝謝各位熱情款待我們這群不速之客，真的出乎我們的意料之外。」

隊長代表全體探險隊說明。一位貌似星球居民的代表人這樣答道：

「不，該道謝的是我們。謝謝各位願意將如此貴重的禮物送給陌生人，真的出乎我們的意料之外。」

探險隊員聽完，無不感到納悶。

「我們這回並未致贈禮物呀？下次造訪，一定會送上各位想要的物品。」

過猶不及

N先生肩負著重大的使命，抵達了某國的首都。此行的任務是從事間諜工作。這是他從小嚮往的職業，如今終於達成了這項人生目標。這是他第一次出任務。

他的決心如火焰般熾熱，他的勇氣在體內翻騰，他的神經緊繃到極致。然而，他並沒有擺出戰士出征時威風凜凜的氣勢，因為那樣會引人側目。

他服裝樸素，動作低調，必須盡量裝扮成平凡的外貌。他偽裝的身分是古代美術研究者。這個職稱應該可以給人一種溫和儒雅的印象。

到達該國的N先生租下附家具的一間公寓房，搬了進去。不過，在室內不代表可以放鬆戒備。說不定某個地方被安裝了竊聽器，甚至可能被裝設了針孔攝影機。

N先生開始對租屋內部進行徹底的檢查。他卸下桌腳、床腳和椅腳，拆開收音機，打開電話機的底板，抽掉插在瓶子裡的花伸手探入裡面摸索。

他進一步破壞通風系統與盥洗室的設備，掀開地毯，挖開抱枕和睡枕的內部，檢查鏡子的後方是否藏有窺視孔，沒有放過任何一處角落。

這樣還不夠徹底。他非常仔細地敲遍每一寸牆壁、天花板和地板聆聽是否發出異樣的聲響，以查明裡面是否埋著某種裝置。

他正忙著，突然聽見敲門聲，有人來了。提高警戒的N先生問說：

「哪一位？」

「我是這棟公寓的管理員。」

這個中年婦女的聲音他有印象。

「請問有什麼事嗎？」

「其他房客抱怨聽到有人一直在敲牆壁和地板的噪音。請問您在做什麼呢？請開門讓我進去看一看。我身為管理員，必須回報發生了什麼狀況。」

假如拒絕管理員進入屋裡，一定會遭到懷疑，反而把事情鬧大了。N先生不得已，只好開了門鎖。管理員一看到屋裡的情況，頓時目瞪口呆。即便家裡養了個淘氣小霸王，也不至於像這樣幾乎把整間房子都拆了。

「這是怎麼回事？遭小偷了嗎？」

「不是，呃……」

N先生不曉得該怎麼解釋才好，不禁慌了起來。

「公寓不允許住戶為了消遣而大肆破壞！下次再有同樣的情形發生，就要請您搬出去了。請自行負責將毀損的物品全部恢復原狀。」

N先生挨了一頓好罵。

翌日傍晚，N先生去公園散步。他必須熟知周圍環境才行。

忽然間，一顆球滾了過來。遠遠地有個少年喊了聲「我去撿」。

N先生本想伸手去撿，下一秒陡然一個閃身，順勢趴到旁邊的長椅底下——那顆球說不定是炸彈！我畢竟是間諜，企圖將我滅口的敵人就躲在某個地方，很難猜出他會採取什麼手段，有極大的可能會趁我鬆懈的時候下毒手。

可是，那顆球並沒有爆炸。來撿球的少年滿臉驚訝地瞪著N先生看，不明白為什麼一個大男人居然害怕區區一顆小球。

離開公園的N先生進了餐廳吃晚飯。他正要將餐食送進口中，忽然停頓下來——這裡的服務生也許是敵方的間諜。這麼一想，服務生的接待態度似乎有點不太自然。

這時，一位貴婦牽著愛犬來到餐廳。N先生切下一小塊肉餵了那條狗。雖然欣喜的狗兒吃下之後並沒有任何異狀，貴婦仍然責備了N先生這個失禮的舉動：

「您在做什麼？」

「只是覺得令犬很可愛。」

「謝謝稱讚，但請不要隨意餵食！」

N先生不敢辯解。他離開餐廳，沿途提防受到跟蹤，最後來到一家酒吧。正在小酌時，隔壁的男酒客向他搭訕：

「請問在哪裡高就？」

「我從事古代美術方面的研究工作……」

N先生一面回答偽裝身分之用的職業，一面啣了支菸。男酒客拿出打火機先為自己點了菸，順手遞了過去。N先生唯恐會噴出毒氣，當即一掌拍落了打火機。

「你這人真沒禮貌！」

好意被踐踏，也難怪男酒客生氣。扭打衝突一觸即發。

就在這個時候，一名年輕女士走進酒吧。她與N先生隸屬於同一個間諜組織，亦即同事。兩人約好了在這裡碰面。幸虧她即時阻止了爭執，並且出面向男酒客道歉，事情才沒有鬧大。

N先生和她在夜晚的街上邊走邊談工作，順道送她回公寓。她開口邀請N先生到家裡坐坐。

「要不要上來喝杯紅茶？」

「好，謝謝。」

她斟了杯紅茶給N先生。他心想，雖是同事，但無法斷定不會受到敵方收買成為雙面間諜，還是小心為上。間諜是一種冷酷無情的職業。

於是，他趁同事沒留意時，悄悄對調了彼此的紅茶杯。但他喝下紅茶之後，卻立刻昏睡過去。

隔天早晨醒來，她數落N先生：

「為什麼要喝我的紅茶呢？我有失眠症，向來習慣在睡前把安眠藥摻入紅茶裡喝下。都怪你，害我昨晚……」

不久，上司命令N先生返回本國。因為女管理員到處說公寓裡住了個奇怪的古代美術研究者，公園裡的那群少年模仿他的反應互相扔球取笑，餐廳和酒吧將他列入黑名單。他還曾把上門的推銷員誤認成敵方的間諜把人家揍了一頓。他的一舉一動無不惹人注意。

回國後的N先生被指派從此只能擔任行政工作。

組織另外挑選一名個性大而化之的男子接續N先生的任務。可是那名男子連家裡被裝了一台很大的竊聽器都渾然不覺，真實身分一下子就曝光了。其後，他毫無戒心地吃下陌生人給的甜點，立刻毒發身亡了。

鍾愛的手錶

K先生已經把週末外出旅遊的行李打包好了。放在衣服口袋裡的小收音機正在播報氣象預測。

「明天將是晴朗的好天氣……」

K先生愉快地吹著口哨，掏出手帕，輕輕地擦拭手錶。這是他的老習慣了。

這種老習慣不同於搔頭抓耳之類無意義的動作，而是他特別珍惜這支錶。即便誇大一些，形容他打從心底深愛著它，也不為過。

K先生約莫在五年前買下這支錶的。他在百貨公司裡經過一處鐘錶專櫃時，陳列在玻璃展示櫃裡的許多手錶中，唯獨有一支散發出與眾不同的光輝。他覺得彷彿有個女孩朝他頻送秋波，又像是溫柔地向他細聲呢喃「買下我吧……」

這支錶的錶面是一枚異國的古代金幣。恰巧那天是他上班以來第一次領到獎金的日子。

「好，買了！」

他不由自主地這樣告訴自己。從那天起，這支錶便一直伴隨在K先生的身旁。

K先生幾乎把它當成了自己身體的一部分。他還年輕，覺得自己根本不需要接受健康檢查，但卻定期將這支錶送去維修。在暫戴其他手錶的那幾天，那種空虛寂寞的感覺簡直難以忍受。但也多虧定期維修，這支錶從來不曾出錯，不快也不慢，總是忠實地顯示正確的時刻。

這天，收音機發出了整點報時的樂音。K先生覺得不對勁。

「怪了，難道電臺報錯時間了嗎？」

他絕不相信手錶上的時間錯了。可是，當K先生轉到其他電臺確認報時無誤之後，他慌了。因為這個時刻已經趕不上買了票的那班巴士了。他罵了手錶：

「喂，我這麼珍惜你，你居然闖了這種大禍？」

可惜這時生氣也沒有用了。K先生只得取消旅行，改為出門散步，並且順道去了趟鐘錶行。

「這支錶不太正常，時間慢了，害我難得的週末假期泡湯了。」

「前陣子才剛維修過呀……」鐘錶行老闆接過手錶檢查機芯，語帶納悶地告訴K先生，「真奇怪，找不到任何故障的地方。」

「怎麼可能沒壞呢？」

就在此時，K先生放在口袋裡沒拿出來的小收音機開始播報新聞。

「這幾天正值觀光旺季，開往S山的巴士……」

聽到這裡，K先生不滿地表示：

「都是這支錶害我沒搭上那班巴士！一定哪裡出了毛病！」

專利品

人們某天發現有個奇特的物體躺在一片野地的正中央。該物體長約兩公尺，具有堅硬的金屬圓筒狀外殼。由於不可能有人大老遠到這裡棄置這種物體，猜想應該是從天上掉下來的。

寫在外殼上的符號沒有人看得懂。地球上沒有任何國家使用這種文字，所以人們才會推測這件物體來自外太空。一群置生死於度外的學者小心翼翼地將那件物體運到研究所著手調查。誰也不知道在調查過程中會從裡面出現什麼東西，甚至不曉得拆解之後會不會爆炸。

他們費了番工夫才撬開一側。筒內放了某種東西。拉出來一看，是一張紙。當然，那個東西和地球上的紙張結構並不相同，總之一樣是又白又薄的型態。上面寫著滿滿的符號，感覺像是圖紙。這群學者圍觀了好半晌，其中一人說道：

「看起來像是設計圖。」

「我也這麼覺得。不過，這張設計圖究竟來自什麼星球、又有什麼用途呢？」

沒有人能夠解讀。其他星球的某種設計圖，不是簡簡單單就能解讀成功的。

另一方面，對於圓筒本身的調查也同步進行。由於筒身沒有推進器或導航裝置，學者認為應該是在陰錯陽差之下掉到此處，而不是鎖定目標送到地球上的。

太多的謎團有待解開，學者決定先按照設計圖嘗試製造，或許可以提供解答困惑的線索。這項工程並不容易，所幸隨著製造過程的進行，也逐漸摸索出那些文字的意思；而當隱約推測出更多的文字含義，對於圖紙的理解也就多了一層。就這樣一點一滴，慢慢有了進展，可能是一種電子產品的設計圖。

根據圖上的說明文字，似乎是某種令人感到愉悅的設備。不久，試製品完成了。問題是沒人有勇氣當先鋒。其他星球所認為的愉悅，說不定會讓地球人覺得痛苦。學者做了很多次動物實驗，終於有人自告奮勇了。第一號試用者依照使用方式躺了上去。

「喂，感覺如何？」

圍在四周的學者之一問道。躺在狀似長沙發的那件裝置上的試用者回答：

「一種說不出來的美妙滋味。從來沒有體驗過這種感受。電流從我的手往上到頭、再由頭往下到腳不停地流竄，酥酥麻麻的。這種感覺比抱著美女聽悠揚的音樂、或是享受美酒佳餚還要好上好幾倍。」

「看來，似乎不會危及性命。」

「啊，請不要關掉！讓我再多躺一會兒！」

「那怎麼行呢！」

其後，試用者接受了詳盡的體檢，沒有發現任何不良反應。使用這種裝置不像毒品那樣會對身體產生有害的副作用。後來陸續有幾個人試用了，大家都享受到難以言喻的快感。

「原來是這種用途。不錯，又多了一種新型的娛樂用品。」

「那麼，接下來該怎麼做呢？」

「不如大量生產販售吧。不但可以把歡樂帶給世人，還可以增加收益。」

沒有人提出異議。經過媒體報導這項新產品的功效之後，甚至引發了廣大民眾的熱烈需求，不得不進入量產階段。

就在這時，相關高層接到了一份報告。圖紙上的文字說明經過全面的解讀之後，在最後的部分出現標注了專利權的文字。

「這麼說，我們不能擅自生產了。」

「可是，誰也不知道是哪個星球發明的東西，不妨當成是地球獨自研發成功的。獨占專利權根本是一種不道德的行為。」

全員一致認為不必太在意這個問題。不過，在製造之前還是稍微修改了外型與配線，以備日後有藉口開脫。

裝置的生產數量大幅提升。佳評如潮，銷路暢旺。雖然漠視專利權一事不免令人掛意，但沒有人打算將定價漲成兩倍，從中提撥並預存專利授權金。製造成本的低廉有助於商品的普及，而商品的普及使得製造成本更加便宜，這時誰還理會什麼專利不專利的呢！

幾年之後的某一天，一艘太空船來到了地球。一名步出船艙的外星人告訴聚在旁邊的地球人：

「我來自夏雷星球。」

「歡迎！地球由衷歡迎您的到來！」

「今天來到這裡，是因為我們有一枚輸送用的火箭故障，導致遺失了某張圖紙。目前正在尋找，也許掉落到這個地方。」

地球上的相關人士面面相覷——這一天終於來了，該怎麼解釋才好呢？假如是剛開始製造的時候還能想辦法辯解，可是現在商品已經遍及全球了，實在找不出好一點的藉口。這時，相關人士分成了兩派，一派主張抵死不認，另一派主張坦承不諱。夏雷星人看起來似乎很友善，於是最後決定還是誠實面對，希望能夠透過協商的方式解決窘境。

其中一名人士被推派為協商代表，接下這個吃力不討好的任務。

「是的，那張圖紙掉落在地球上了。我們基於好奇而試做出來，真是了不起的裝置！」

「這樣啊。不過，既然做出來了，應該已經讀懂上面的文字。那張圖紙上記載了專利權所有，怎麼可以忽視那段聲明呢？」

地球的相關人士慚愧得紛紛低下頭來，擔心對方據理力爭，索討高額的授權金。他們還盤算著，萬一真的演變到最壞的地步，乾脆來個相應不理算了。協商代表戰戰兢兢地問道：

「請問，假如忽視那段聲明，您們打算如何處理呢？」

「請問你們是做何用途呢？……」

夏雷星人反問。聽完說明後，夏雷星人得知這項裝置已是地球各地的常見裝置了。

「……如果是那種用途，沒關係，我們不會收取授權金。」

「非常感謝！不過，為什麼可以免費使用呢？」

對於感到不解的地球人，夏雷星人給了這樣的回答：

「那是送到外星球用以阻撓文明進步的裝置。只要嘗過一次美妙的滋味就會沉迷其中，再也離不開它，以致無暇思考其他事物。我們曾經用在幾個有些棘手的星球上，讓對方的文明衰退，解決了心頭隱憂。這是夏雷星特地為了那種目的而研發出來的裝置，效果相當卓越。所以，如果是高度文明的星球使用，就一定要收取專利授權金才行；但既然是……」

伴手禮

一群芙蘿爾星人搭乘一艘太空船在星際間航行的途中，來到地球稍作停留。不過，他們沒有見到人類，因為還要很久以後人類才會出現。

芙蘿爾星人駕駛的太空船順利著陸。他們對地球做了一番大致調查，留下這段意義深遠的對話：

「看來，我們來得太早了。這個星球的文明還沒有成形，智慧最高的生物頂多是猿猴之類。恐怕還要花上一段時間，才會出現更進化的生物。」

「是哦，真遺憾。原本想促進這個星球的文明發展才特地停留的。但是就這樣離開未免有些可惜。」

「你打算怎麼做？」

「留下伴手禮再走吧！」

那群芙蘿星人開始忙錄了。他們製造了一只金屬巨蛋容器，在裡面放入各式各樣的物品。包括可以輕易飛上宇宙的火箭的設計圖、能夠治癒所有疾病與抗老回春的藥物的製作方法，以及傳授如何和平共處的書籍。他們還放入一冊附插圖的辭典，以便不懂該星球文字的地球人查閱對照。

「終於完工了。這個星球的居民未來發現這份禮物的時候，想必會非常欣喜。」

「是啊，那當然！」

「不過，要是太早發現，會不會不了解它的價值而扔棄了呢？」

「這是用堅固的金屬製造的。如果那時的文明已經進化到足以打開它，應該能夠理解上面的文字內容了。」

「說得也是。對了，該留在哪裡才好？」

「擺在海岸邊，可能會被波浪捲入海底；放到山上，或許會被噴發的火山熔漿淹沒。還是盡量找個乾燥的地方存放才安心。」

這群芙蘿星人選中一片遠離山海的大沙漠擺放妥當之後，飛離了地球。

被留在沙漠上的那只銀色的巨蛋，白晝時反射太陽而發出耀眼的強光，入夜後映照星月而發出靜謐的柔光。它默默地等待著被開啟那一天的到來。

漫長的歲月過去了。地球上的各種動物逐漸進化，出現了與猿猴相近、會使用工具和火的種族，也就是人類。

或許曾經有過人類發現了這只巨蛋，卻因為害怕而不敢靠近，抑或是上前探看但不知道是什麼東西。

銀色的巨蛋一直等候著。幸而位處沙漠，罕少降雨。即使被雨淋濕了也沒關係，其外殼的金屬不會生鏽。

有時強風呼嘯，風捲沙浪，將巨蛋掩在沙堆之下。不過，並不會被遮掩太久。稍待另一陣風起，巨蛋旋即又露出原貌。算不清這樣反反覆覆了多少回。

又一段漫長的歲月過去了。人類的數量漸漸增多，懂得製造工具和物品，文明發展程度也愈來愈高。

就這樣，那只金屬巨蛋裂開的日子終於到臨。然而，裂開的那一刻並沒有伴隨著人類從沙中赫然發現的驚喜歡呼聲，而是渾然不覺底下埋著如此珍貴的東西，在那片沙漠進行原子彈爆炸實驗時將它炸裂了。

那場爆炸可謂威力驚人。不單是金屬容器外殼，連放在裡面的所有物品都一併燃燒殆盡，灰飛煙滅。

欲望堡壘

上班搭乘的巴士裡，有個男人格外吸引我的注意。我們經常搭乘同一班巴士。他的外表並沒有特殊之處，只是和其他乘客相較起來，似乎有那麼一點不同。某天早晨，恰巧相鄰而坐，於是我把握這個機會開口寒暄：

「我們好像常搭同一班車喔！」

「是啊。」

他親切地回應。

「請問在哪裡高就？」

「我在一家小公司上班。白天工作時不得不和很多人發生爭執，回到家裡又是滿屋子人，而且薪水少得可憐，每天都很難熬哪！」

他的口吻恰與陰暗的內容相反，出奇地開朗。

「但是，我看您總是笑容可掬呀？恕我冒昧請教，是否有什麼解決之道呢？」

「也許是因為我有夢吧！」

「真羨慕，我在很久以前就失去夢想了。」

我點頭附和，他卻搖頭否認。

「我說的不是人生的夢想，而是睡覺時的夢境。」

「此話怎講？」

「前些時候開始，我每天晚上都會做同一個夢。夢裡的我獨自一人待在一個大小適中的屋子裡。那個房間與外界完全隔絕，誰也不能進來。我在那裡充分享受了心靈的寧靜。」

「這樣的夢還真稀奇。不過，在這個嘈雜的世界裡，人人都希望擁有一個不受打擾的、屬於自己的堡壘。或許這個夢境是那種心情的具象投射吧。」

「是啊，我一直想要一個那樣的房屋。」

「也就是願望在夢裡實現了。」

「幾天後，屋子裡開始添了家具，而且都是那些擺在櫥窗裡、想買也買不起的精美桌子和鬆軟沙發。現在已經有水晶吊燈、各式電器、許多流行服飾、吊掛那些服飾的衣櫥以及擺滿書籍的書櫃等等。真希望可以讓您親眼看到！」

「真好。」

聽他的描述，我不禁有些欣羨。此後每次見到面，他總是口沫橫飛地講述後續狀況：

「我在那間夢幻之屋擺設了一個頗有意境的雕刻品喔！昨天晚上還添了一台近來大打廣告的室內運動器材。只要是我喜歡的，儘管來吧！不過，每回都得重新安排家具，有點累人。」

凡是想要的東西，夜裡必定會進入他的夢中。這個也想買、那個也想買……這算不算是在激烈的廣告攻勢下產生的一種現代病呢？話說回來，若能透過這種方式來滿足自己的欲望、調節精神狀態的平衡，或許不該將之視為疾病吧。

隔一陣子又遇到了。他的神情似乎有些恍惚。

「您還好嗎？看起來不太有精神。」

「不想要了也不行。而且房門怎麼樣都打不開，窗戶也是，傷腦筋……」

他給了一個不明所以的回答。

又過了幾天，這次是在回程的最後一班巴士上遇到了形容更為憔悴的他。

「您今天也這麼晚回家呀？」

「嗯，我害怕睡覺，最近幾乎沒睡。」

看得出來他很努力睜大眼睛。無奈的是，隨著巴士的搖晃，他依然進入了夢鄉。突然間，我聽到一聲哀嚎——猶如在一處無法逃脫的空間裡被重物壓扁了似的可怕慘叫……

遭竊的文件

靜悄悄的深夜時分，有個男人躲在F博士的研究所旁邊。他是小偷。

多年來，F博士發明了相當多效果奇佳的藥物，據說某種新藥再過不久又將研發完成了。這個男人盤算著趁早偷出新藥的製程，高價售出這項機密。

他偷偷地朝窗內窺看，研究所裡只有博士一個人聚精會神地調製藥液。博士極為專注，絲毫沒察覺有人在窗外偷窺。

一陣子後，少量的藥物完成了，是一種綠色的液體。博士喝下藥液，滿意地點了頭。

「唔，味道還不錯，香氣也照這個比例就行了……」

博士一邊伸懶腰一邊嘀咕：

「哎，總算做出來了。我過去研發了各種不同功效的藥，全都不足以超越現在這一種。這堪稱劃時代的偉大發明！好，趁著記憶猶新，趕緊把製程記錄下來。」

博士振筆疾書，寫完以後把那份文件小心翼翼地鎖進牆角的保險櫃裡，回去住處了。

早已等不及的男人立刻採取行動。他躡手躡腳地撬開窗戶，潛入研究所裡，按照博士剛才的方式將密碼盤轉到正確的號碼組合，不費吹灰之力就打開保險櫃了。他把那份文件收進口袋裡，踩著欣喜的腳步逃了出去。

「太好了！這下可以大撈一筆了！既然博士親自喝了，等於保證對人體無害，而且他還說了這是仙丹靈藥。不過，這種藥究竟有什麼功效呢？……」

唯獨這一點令他納悶，但也沒那個閒情逸致慢慢調查博士喝下之後的身體變化，更不可能直接打電話詢問。他心想，既然是F博士發明的藥物，依照過去的例子看來，服用後一定會有明顯的效果。

男人回到藏身之處，決定按照寫在文件上的製程動手做做看。他總得知道這種藥具有什麼作用，否則兜售時就無法向買家說明了。

他找齊原料，還買來燒瓶和燒杯，花費幾天時間做出了這種藥物。藥液飄出一抹鈴蘭的花香。

男人親自試喝，味道很清爽。他找把椅子坐了下來，靜待藥效的發作。

忽然間，他起身衝出門外，連趕帶跑地一路奔到了F博士的研究所。

「博士！非常對不起，幾天前從這裡的保險櫃偷走文件的人就是我！請把我抓起來交給警察。」

博士聽男人說完，向他再次確認：

「真是你拿走的嗎？」

「確實是我拿的。我按照寫在文件上的方法做出藥，然後喝下去了。喝完以後，我發現自己做了錯事，所以來這裡請求您的原諒。偷走的文件在這裡，還給您。」

男人流淚懺悔。F博士不但沒有生氣，反而笑容滿面地說：

「謝謝你專程前來，我的研發果真發揮效用了！這種藥的作用是使人良心發現。研發出來以後，我正愁著該如何驗證，因為不曉得該上哪裡找壞人自願服用。託你的福，得以證明了功效，真是辛苦你了。」

髒汙的書

高度恰好介於天花板和地板的中間。就在那個位置，一只眼睛漸漸浮現。它懸於半空中，緩緩地擺盪，時而渾圓，時而細長。那分外熟悉的眸子呈現某種意味深長的色澤，彷彿朝著自己擠眼示意。

N先生凝視著它，不敢置信地眨了又眨。

「哇，原來這本書不是騙人的玩意……」

他嘟噥著，再次端詳手中的書。那本書並不厚，老舊的大開本。他是在兩天前的傍晚於某家古書店買下了這本書的。

「有沒有什麼稀奇的書呢？」

N先生問說。店主取出一本西洋書，告訴他：

「這本您瞧瞧。上頭的字我自是看不懂，不過應該是本奇書！」

那本書的確散發出一種異樣的氛圍。N先生瞅了一眼，書上的文字正是他擅長的拉丁語。

「我看看，嗯，原來是講魔法的書。這麼說，都是些荒誕無稽的內容了。」

店主臉上的表情似乎並不同意N先生的看法。

「您覺得魔法書荒謬嗎？」

「那還用說！請問是從哪裡進貨的？」

「老實說，這本書前一手是在舊貨鋪。不久前我去那裡批了一些貨，裡頭夾著這本書。舊貨店老闆說，只要比論斤秤重再多添些價錢就賣了。我也不知道這是什麼書，反正成本便宜就好。既然是魔法書，我算是意外批到了好貨吧？」

「問題就出在這裡。」

「有什麼問題呢？」

「首先，人世間究竟是否存在魔法，值得懷疑；其次，倘若真有魔法，原書主不可能輕易脫手，賣給舊貨店。總之，內容肯定乏善可陳。」

「唔，聽您這麼一說，挺有道理的。」

店主有些失望。N先生接著說：

「不過，明知乏善可陳，我還是有點興趣。買了！」

就這樣，N先生以低廉的價格買到了那本書。不過那時N先生並不相信那本書是真的，所以當晚回到獨居的公寓房後便扔在桌上。

大約兩天以後，N先生隨手拿起那本書瀏覽。他這才發覺，這本輾轉多處的書雖然髒汙陳舊，但沒有任何一頁受到破損。

這一點引起了他的好奇，捏著書頁的邊緣往外拉一拉，沒破；他再用了幾分力，依然撕不下來。

這是什麼材質呢？他拿起來照光，手指搓了搓書頁，沒能辨識出紙質。他接著小心翼翼地點了打火機靠近烤了烤，書頁並未留下任何燒灼的痕跡。

「嗯，不可思議。難道這真是……」

N先生調整了坐姿，從頭開始詳讀，並且按照書裡的步驟實測。他拿粗麻繩在地板上圈出一個圓，誦唸了開頭的咒語。

於是，那句咒語召喚出一只懸浮在半空中的眼睛。

「哇，原來這本書不是騙人的玩意。愈來愈有意思了！」

不光是N先生，任何人都會認為這是魔法；不單是N先生，任何人都無法在目睹這種現象之後還能就此打住。他想繼續完成儀式，若要進行下去，必須準備很多東西。N先生出門張羅之後，返回家中。

紅玫瑰的花粉、黑鳳蝶的鱗粉、一塊紫水晶的碎片，以及曬乾的白老鼠尾巴。他依照書中的指示蒐集齊全，碾成細粉之後混合均勻，撒在麻繩圈裡。

當這些粉末撒在地板時，麻繩圈內宛如撥雲見山之勢，某種物體的身影漸漸成形。先是眼睛變為兩只，接著周圍的面孔、頭顱、軀體和手腳全部完整呈現。

N先生抬頭仰望，低頭俯看。全貌看起來像人，但又不太一樣。不僅膚色泛紫，渾身上下都是尖尖的。細尖上挑的鳳眼，從頭部到大耳朵的上方出現突狀物，也許該稱為角。除此之外，鼻頭、手肘、手指、爪子、裂開嘴裡的銀色牙齒，還有後面長出的尾巴尾端，這些全都是鋒利的尖狀。

「原來如此，這肯定是惡魔。」

N先生想起從前看過的一幅圖，兀自點頭。麻繩圈裡的那個人形物體也跟著點頭，笑了。那種親切而奇妙的表情與動作，應該可以稱為笑容吧。

N先生用拉丁語試著交談：

「你在這裡出現，有什麼目的？」

「我之所以出現在這裡……」

後半段的話沒聽懂。並不是因為用了艱深的語詞，而是對方愈講愈小聲，所以聽不清楚。

「你說什麼？」

N先生反問，但對方說到關鍵的部分，聲音又變小了。N先生不由得把耳朵湊上前聽。結果這一靠近，不只耳朵，連腳也踏進麻繩圈裡了。

「……為的是到處蒐集祭品獻給魔王！」

等到N先生聽見這段話時，一切都來不及了。尖銳手指上的尖銳爪子已經深深刺入N先生的體內，牢牢抓住了。

「好痛！放開我！」

「好不容易才抓到的，怎麼能放呢？」

任憑N先生極力掙脫，依然無法逃離對方的手掌心。俄頃，N先生以及惡魔的身影慢慢淡去，直至消失。

又過了幾天，來收房租的公寓管理員納悶地嘀咕：

「好一陣子沒見到人了，是不是搬走了呢？搬家前怎麼不先打聲招呼呀！」

管理員將這個房間打掃乾淨，清光裡面的東西，租給下一個房客。N先生的私人物品暫由管理員代為保管。由於遲遲等不到人來領回去，只得全部賣給舊貨鋪以抵繳租金，包括那本書在內……

空白的記憶

某個夏日的午後。兩名急診患者被送進了Q博士位於街上的醫院。博士詢問陪同前來的員警：

「是中暑吧？每年夏天總會接到不少這樣的患者。還是食物中毒呢？」

「都不是。是受到撞擊。」

「這麼說，是車禍囉？請盡快準備消毒器械……」

員警攔阻了正要吩咐護士的Q博士。

「不，不是車禍，沒人受傷。」

「到底發生什麼事了？沒出車禍卻受到了撞擊？」

「他們在附近大樓的轉角處撞上了。兩人似乎都跑得很快，迎面撞上之後昏倒了。傷勢只有頭上的腫包，應該不會有太大的問題，只等他們清醒過來就好。勞駕您幫忙診治一下。」

「原來是這麼回事。放心交給我吧，治療患者是醫師的天職。」

員警向博士敬禮之後離開了。醫護人員把那兩名患者送到治療室的病床上。患者的性別分別是一男一女，從外表上判斷大約都是二十七八歲。

Q博士在幾位護士的協助下幫患者診療。不久，男人睜開眼睛並且驚呼：

「咦，怎麼回事？我怎麼會在這種地方？」

「終於醒了。你剛才在大樓轉角與另一個人迎面撞上，昏迷了一陣子。幸好傷勢非常輕微，只要稍微休息一下就沒事了。」

年輕的先生聽完Q博士的說明後安心了，馬上語帶焦慮地詢問：

「請問，和我相撞的那一位還好嗎？要是害對方受傷了，我得向人家賠禮才行。」

「就是那位小姐。雖然身上沒傷，但和你一樣昏過去了。稍後應該就會恢復意識了。」

先生循著博士示意的方向望去，不假思索地吹了個口哨——閉眼躺在病床上的可是一個美若天仙的大美女呀！

「真是一位氣質美女！不曉得貴姓大名？」

「手提包裡沒找到記事本和名片，目前身分不明。等她醒過來就知道了。」

「能和這樣的美女相撞是天大的幸運！希望能透過這個緣分和她交往。」

先生的眼睛散發出熠熠光采。博士問他：

「在請教她的芳名之前，先告知你的住址和大名吧！我得寫病歷才行。」

「呃……」

先生的眼睛眨了又眨，頓時語塞。

「怎麼了？」

「那個……我實在想不起來。為什麼會這樣呢？」

「哦，也許是撞擊的當下過度震驚，導致失去了記憶。」

先生摸索了身上的口袋，可惜沒有足以提供線索的物品，況且時值酷暑，沒穿西裝外套[3]，無從找出姓名。

這時，躺在一旁的小姐發出輕微的呻吟，恢復了意識。先生根本等不及博士為她做簡單的說明，態度謙恭有禮地先開口說話：

「撞到您的人是我。真的非常抱歉。不過，我很高興多虧這場意外才能遇見您，不知道往後是否願意保持聯繫呢？」

小姐也露出頗有好感的微笑，十分客氣地回答：

「謝謝您，請多指教！」

「不好意思，我失去記憶，忘了自己的名字。等我想起來以後，再向您自我介紹。」

「好的。敝姓……」

小姐說到一半停了下來，摸撫著額頭露出困惑的表情。她和先生一樣，失去了記憶。Q博士發現這點之後，請護士準備針劑。

「兩位都打個針吧。順利的話，不久就會恢復記憶了。請隨意聊天，等候一下。」

3 當時的西裝多為訂製，外套內側會繡上持有者的姓名。

兩人接受注射之後坐在椅子上。先生對小姐說：

「您實在太美了，我對您一見鍾情！簡直等不及向您求婚，又怕把您嚇著了，還是等到記憶恢復以後再提吧。請問您對我感覺如何呢？」

「是個誠懇的好人。」

「希望我們恢復記憶以後，彼此仍能保有這一刻的感受。」

「是呀。」

兩人愈發親密，開心地談天說地。過了一段時間，藥效開始發揮作用，先生喃喃自語：

「我好像很想把某件煩人的事拋到腦後。剛才嚇了一跳，忘得一乾二淨了。」

「我似乎也有樁心事，並且深受苦惱。」

兩人不約而同地摀著額頭、歪著腦袋，努力找回記憶。

「好像快想出來了。」

「我也是，再差一點就可以記起來了。」

片刻，他們幾乎異口同聲大喊：

「啊，想起來了！」

兩人你看我、我看你，小姐先放聲尖叫：

「你、你這人簡直……」

一臉錯愕的Q博士連忙勸慰，詢問激動的理由。

「怎麼了嗎？為什麼突然大叫呢？」

「醫師，您聽我說呀！他是我丈夫。可是他是個花心大蘿蔔，成天到處勾搭女人，讓我操碎了心。今天說什麼都不能饒了他，一路追著滿街跑。」

「原來是這麼回事。不愧是夫妻，連症狀都相同。這位先生，以後可別再讓太太傷心了。」

博士敷衍地訓了一下，先生卻這樣反駁：

「醫師，我們結婚已經三年了，這麼囉唆的女人誰都受不了。如果不偶爾去外面透透氣，我都快窒息啦！」

「你說什麼！天底下哪有這種歪理！」

小姐再次尖叫，一把推開博士，猛然撲向丈夫。先生趕忙跳出窗外，滿醫院逃竄。

「請保持安靜，這裡是醫院！」

博士的勸阻聲根本傳不進兩人的耳裡。

一陣子過後，喧鬧聲倏然消失。在走廊上繞著圈子追逐的他們，不慎在轉角處迎面撞上了。

Q博士雙手抱胸，望著再次失去意識的兩人，囁囁說道：

「哎，真把我給弄糊塗了，這回到底該不該治好他們呢？」

冬天來了[4]

黑暗與寂靜。在這無邊無際的空間中，一架太空船猶如針一般穿刺而過，向前航行。其流線外型令人聯想到湍流的魚、躍動的豹，抑或鋒利的刀。

就外型而言，的確讓人讚嘆激賞；然而以顏色來說，委實令人不敢恭維。因為那艘太空船從船身到尾翼全部覆滿廣告圖案。

靠近船首處是以鮮豔的顏色塗繪的清涼飲料瓶身與品名，旁邊是笑容燦爛地捧著化妝品的年輕女孩，尾翼中央那枚大大的電機製造商商標宛如一枚勛章，其他還有光學類商品、服飾、食品等等……

這些廣告單個分開來看都是不錯的設計，但是統統擠在一起簡直成了鬧區的廣告塔。由於使用的是螢光塗料，在黑暗中更顯得無比耀眼。上面甚至安裝了霓虹燈式的閃爍裝置。

「檢查一下閃爍裝置有沒有異常。」

船艙內，擔任船長的N博士說道。他的前任助理、現任駕駛的男機組員回答：

「收到。沒有出現故障。……老實說，當初在研究階段，做夢都沒想過船身居然會被畫成這個樣子！」

「我也是逼不得已……」

N博士苦笑。他獨自構思出超高速飛行理論，更進一步應用該理論完成了的太空船設計圖。然而，這時的他已經耗盡一切身家財產，根本沒有多餘的資金可供建造了，怎不讓人扼腕嘆息。

當然，只要將設計圖賣給別人，不但可以回收成本，還能獲取龐大的收益。可是如此一來，他就無法恣意享受太空航行了。他說什麼都無法放棄，而他也並沒有放棄。終於，他想出了一個絕佳妙計。N博士帶著一套說帖拜訪了許多公司。

「我發明了一架非常厲害的太空船。這架太空船可以飛到比現在更遠的星球拓展商機，還可以順道宣傳與推銷商品，貴公司不妨參考看看……。喔，這事不勉強，其他公司都表示願意贊助了。」

這項企劃案意外奏效，成功募集到足夠的資金，建造完成後便順利飛向宇宙的遠方了。不過交換條件是，船身外部繪滿廣告，船艙裡面則堆滿各式商品，就連機組員也只能帶上一名助理而已。

「啊，那裡有一顆行星！就在紅太陽旁邊！」

4　本篇名出自詩人雪萊〈西風頌〉的名句「If winter comes, can spring be for behind?」（冬来たりなば春遠からじ）的前半段。

助理興奮地報告。博士反問：

「什麼樣的行星？」

「在望遠鏡中看到的是接近地球的狀態，包括大氣形態和居民形貌……」

「居民的文明程度呢？」

「好像比地球差一點。」

「太好了！要是文明程度高於地球，看不起我們載來的這些商品，那就枉費來這一趟了。真慶幸能夠找到適合的星球。……好，把船頭轉向那邊！」

N博士下令，摁了按鈕以提高船身廣告的亮度。博士言而有信，既然答應了贊助商就要說到做到。

不久，太空船接近那顆行星，逐漸降低高度，在一座小鎮旁的野地著陸了。博士又摁下另一個按鈕，擴音器傳出了廣告歌曲，將輕快的旋律送向四面八方。

此時的季節相當於秋天，草木轉黃，開始凋落。博士望著面前的景象，喃喃說道：

「該怎麼把當地居民聚集起來呢？」

「好像不必擔心這個問題了，這地方的居民已經主動來到這裡了。看起來都挺善良的。」

助理指著前方說。那些居民沒有絲毫粗暴的舉動，也沒有攜帶類似武器的東西，甚至臉上都露出喜悅的表情。

N博士走出船艙做進一步確認。他和助理比手畫腳再加上想得到的一切輔助，盡力讓對方了解自己是來自另一個太陽系的名為地球的行星。

「……這就是我們來到貴星球的目的。期盼兩星球此後能夠友好往來。」

該地居民這樣回答：

「今後請多多指教。我們的收穫期剛結束，正在開心舉行慶典，歡迎與我們同樂！」

博士和助理看著彼此，開心地笑了。難怪這地方看起來一片歡樂。而且完成收穫的時期最適合做生意了。要是在繁忙的時候造訪，說不定會吃閉門羹。

「非常感謝邀請！」博士趁機提起買賣的話題，「……我們帶來了許多很實用的商品。如果喜歡，盼能成為日後展開雙邊貿易的契機！」

博士囑咐助理開放船艙做為展場，帶領居民入內參觀。

上等的服飾、便利的日用品，以及美味的糕餅等等。其中也夾雜了一些在地球上已經過時或生產過量的品項。但是，在這個行星的住民看來，彷彿都成了奇珍異寶。他們瞪大了眼睛看得出神，伸手輕輕碰觸，紛紛交頭接耳。

「各位還喜歡嗎？每一件都是地球上最高級的商品！」

笑容可掬的博士極具自信地強力推薦。然而，對方的反應卻出乎他的意料。

只見那些居民擺擺手，表示不要。滿腹狐疑的博士和助理低聲商討，不理解對方為何看起來分明想要卻不買呢？兩人怎麼討論也沒個結果，只得請教居民了。

「請問有什麼問題嗎？各位不必客氣推辭。我保證絕對都是最高品質！」

居民如此答覆：

「我們雖然想要，但目前沒辦法買，明年再買吧。」

「明年再買……？才隔一年，現在買和明年買有什麼不同嗎？」

「我們星球即將進入冬天。冬天期間無法使用，得等到明年春天……」

博士無法接受這種理由。他用更誠懇的態度推銷：

「有些商品在冬天更適合使用呀！請看看，這條電毯是用原子電池發熱的。這裡還有專門為冬季研發的化妝品……」

可是那些居民依然擺擺手。

「我們星球到了冬天大家都進入冬眠了，所以在那段期間什麼都不需要。」

「原來如此。請恕失察，因為地球人沒有冬眠的習慣。……不過，各位不妨現在先買，等春天一到，就可以馬上使用了喔！」

「我們也很想先買下。可是所有的收獲物都儲存起來準備過冬了，若要再拿出來用以物易物的方式支付款項，恐怕相當耗神費時。」

明白了緣由的博士與助理商量：

「你看如何？看起來似乎是講誠信的居民。」

「我覺得值得信賴。」

「我也這麼認為。這顆行星具有開發的潛力，難得遇到如此善良的居民。況且，大老遠載來的貨物原封不動帶回去也沒意思。總不至於整個行星的居民聯合起來倒帳逃跑吧！」

「是呀，看起來也不像會發生大戰導致全體滅亡，這裡的文明還沒有高到那種程度。」

N博士於是向住民提了一個新建議：

「這樣好了，現在先交貨，至於貨款等以後再付吧。明年春天我們會再來一趟，屆時請用貴行星的特產品支付就行了。」

「太感謝了！明年春天我們一定支付！」

行星住民驚喜地允諾。他們的聲音中不帶有一絲一毫的欺騙或謀略。交易成立，任務完成。想必贊助廠商都會相當滿意。博士將船艙內的所有貨物都交給了他們。

「那麼，明年見！下一趟我們會載來更多商品。」

「非常感謝，我們也很期待。敬祝一路平安！」

重量減輕的太空船在行星住民的歡送聲中騰飛起來，返回了大氣層外的空間。N博士從艙窗目送行星逐漸遠離。

「這些居民真善良，很期待明年再次見面。……對了，你先計算一下那顆行星的軌道，以免來錯季節了。萬一來得太早，還得等他們從冬眠甦醒可就麻煩了。」

「收到。」

助理操作觀測儀器開始計算。左算右算老半天，遲遲沒有回報。

「怎麼了？很複雜嗎？」

「計算倒不複雜，但是答案不太妙。我們在著陸之前就該先計算了。」

「問題到底出在哪裡？」

「那顆行星的軌道是細長的橢圓形，如同我們太陽系的彗星那樣，接下來將會逐漸遠離太陽，進入黑暗極寒、萬物凍結的狀態。所以他們非得靠冬眠才能熬過這段時期。」

「你的意思是說，他們的冬天很長囉？」

「結論就是這樣了。」

「距離下一次回到太陽旁邊，也就是春天到來，大約還要多久？」

「讓我看看……換算成地球的時間，差不多是五千年後吧……」

神祕的青年

都市一隅。住宅櫛比鱗次，未建住宅的地方就是車輛川流不息的道路，根本沒有空地可供附近的孩童嬉戲。他們只能待在不見天日的屋子裡，默不作聲地看著一部又一部電視節目。

忽然間，一名年輕人出現了。衣著樸實，誠懇穩重。他隔著窗子朝小孩搭話：

「這一帶沒有地方可以讓你們玩耍嗎？」

「嗯，沒有呀！像抓鬼、捉迷藏、跳繩之類的遊戲，我們誰都沒玩過。」

「真可憐。至少該蓋個小公園嘛。」

「大人們也是這麼想的哦。他們去跟政府交涉過了，結果還是不行。說是土地太貴了，沒錢買。」

望著那群答得無奈的孩童，年輕人說：

「好，我來蓋一座吧！」

「真的嗎？大家一定會高興得要命！可是，這種好事只在電視上才看得到吧？」

「不，我向你們保證！」

年輕人所言不假。不曉得他從哪裡拿來一大筆錢買下土地，整地之後種上綠樹，接著安裝盪鞦韆和布置沙坑，安全設施也一應俱全。完工之後，他告訴聚集而來的孩童們：

「從今以後，這裡就是你們的世界囉，可以自由自在玩個痛快！」

「哇，好棒喔……」

孩童們發出歡呼，在陽光下盡情奔跑跳躍。陪同前來的家長們也連聲致謝：

「真不知道該怎麼感謝才好！請賜知大名，我們將做為這座公園的名稱，永遠記住您的大恩。」

年輕人臉上沒有絲毫得意的神色，只擺擺手，謙虛地說：

「小人物，不足掛齒。我只是做了該做的事而已，能讓各位高興就夠了。請忘了我吧。」

有人想為年輕人拍照留念，他卻像一陣煙一般離開了。大家議論紛紛，懷疑自己該不會是遇上創造奇蹟的魔法師了吧？

那名年輕人也出現在無依無靠的老人面前。

老人一輩子辛勤工作。年輕時努力攢下來的錢，隨著物價波動而形同化為烏有。如今上了年歲，只能勉強餬口，身子也大不如前了。

「真希望在有生之年能去一趟旅行。不過，這個夢想已經遙不可及了。」

老人不免悲從中來，難過地捱著日子。這時，年輕人來到面前，告訴他：

「這是旅遊優惠券的套票，這是預訂旅館已結清費用的收據，這是零用金。敬請享受您的假期。」

不消說，老人一臉難以置信的表情。

「該不會是尋我開心吧？太感激了！可是，你我素昧平生，怎能收下這份厚禮呢？」

「您就是推辭，也沒辦法退票取消了。不如這麼想吧，您認真工作了一輩子，就當是對自己的犒賞。」

老人欣喜得眼眶泛淚。

「真的嗎？那我就收下了。啊，這該不是夢吧？我終於死而無憾了。您宛如耶穌再世哪……」

「您這是折煞晚輩了，我只是普通人，做的也是該做的事罷了。那麼，敬祝旅途愉快。」

年輕人不待老人再三致謝，默默離去。

此外，那名年輕人還在各種地方現身。

他送錢到車禍受害人遺屬的家中。該起意外是肇逃事件，死者家屬找不到肇事者控告求償，生活陷入了困境。

險些流出海外的古代藝術品由他低調購回，贈予博物館典藏。必須盡快整建否則即將坍塌的遺跡的修繕費用，也是他支付的。經費告罄而面臨關閉的育幼院與收容所，他放下錢後悄悄離開。諸如此類的善舉不可勝數。

接受年輕人慷慨解囊的人們無不滿懷感激，心中不免推測其身分背景：他是家財萬貫的公子嗎？還是……？

人們實在猜不出他是何來歷。他沒有把錢花在自己身上，而是不惜鉅資造福人群。多麼偉大的胸襟！話說回來，他的錢還真是花用不盡哪。

可惜的是，他的錢並不是花用不盡。這些義行劃下句點的時刻終於來臨。第一個驚覺此事的人是那名年輕人的上司，亦即稅務局長。他叫來年輕人訓道：

「你！我相信你是個耿直的青年，才交付了經手金錢的重要職務。豈料你竟然濫用職權，擅自揮霍了驚人的數額。瞧瞧自己幹了什麼好事！那麼多錢究竟花到哪裡去了？」

「那些錢是用在……」

年輕人坦白陳述。局長不敢置信，勃然怒斥：

「不像話！稅金是誠實的國民基於信任而繳納給政府的公款。你居然沒有送請議會審定通過，也沒有報請上級單位核准，自作主張花費在那些用途上！……」

「不應該這麼做嗎？」

「這還用問？你腦袋有沒有問題啊？」

「您的意思是，我精神異常，而其他的民意代表和公務員全都神志正常嗎？」

局長根本沒有心思回答他的提問了，非得想辦法盡速處理這樁醜聞不可。相關職務人士不願讓外界知悉這件事，把年輕人扣上精神異常者的病名，強制送進了醫院。

最後一個地球人

世界人口毫無止境地持續增長。

「究竟會膨脹到什麼程度？」

「照這樣暴漲下去，會演變成什麼狀態呢？」

「再不想出對策就糟糕了！」

人們時不時提出這項議題，反覆討論。然而，總不能禁止人們生小孩，更不可能將已出生的小孩處理掉。畢竟每一個人都擁有生存的權利。

人人都對此現象憂心忡忡，但是一旦談論到政策執行時，卻又是基於「除了自己以外」的觀點思考，沒有人例外，導致人口數絲毫沒有減少的跡象。

世界上的所有地方都變成都市了。就在從撒哈拉沙漠到戈壁沙漠的綠化工程終於完成的那一刻，費盡辛苦才種植成功的整片森林旋即遭到砍伐推倒，加緊趕工建設都市，否則難以因應人口需求。

各國已經無暇進行戰爭了。戰爭是從前那個豐衣足食時代的遊戲。不過，沒有戰爭，科學仍然持續進步。唯有仰賴科學技術，方可應付人口暴增的問題。

隨著人口不斷增加，科學必須日新月異，才能保障生活品質。可是，當科學提升了生活品質，人口亦隨之增長。這種永無止境的循環，使得所有人類在面臨人口增加的這道難關時必須卯足全力，背水一戰。這是一場沒有喘息的空間，也看不到勝利的希望的戰役。

糧食皆由人工合成，不需要植物了。二氧化碳變回氧氣的作用也經由機器完成，再也不需要植物的協助了。人類並不是非將植物除之而後快，而是失去了可供植物成長茁壯的地方。

動物和昆蟲早就消失殆盡了。不是因為人類不願意分享糧食，而是不再有適合牠們生存的棲息地。蝴蝶和花卉也被迫為人類讓出了生存空間。因為地球是屬於人類的。

科學進步的副作用是壽命的延長。這無疑使得人口爆炸的問題雪上加霜。地球每自轉一圈，其表面的人口數便如翩翩飄落的雪花般層層堆積。先是總人口數「超過一百億」，而後沒多久就是「衝破兩百億」了。

人口飛快上漲。全世界連成一個大城市。人類總數遠遠超出地表的可容納量。連政治家和科學家都束手無策，只好放棄。無論是推出社會政策或者鼓勵太空移民，依然無法阻擋這頭洪水猛獸。

「再也受不了了！救命啊！……」

每個人都從心底發出這樣的吶喊。但就算喊出口，也不知道該對著誰嘶吼才好。

這一剎那，全體人類首度出現了同樣的省思，以及相同的祈願。

人口不再增加，接下來開始減少。調查結果顯示，每對夫妻只生得出一個小孩。眾多學者照例又開始為此現象找理由了。

「大概是各地的原子反應爐輻射外洩吧！」

「不對，是因為人口過量的緊張所造成的壓力影響了生理機能。」

「不不不，應該是人類這個物種進入滅絕的階段了。」

「那些理由太荒唐了！這是由於動植物全數消失，自然界失衡所造成的結果。」

「各位別急著下結論。還有另一個可能性是，人類完全攝取人造糧食導致體質的改變。」

他們各持己見，針鋒相對，久久無法在該如何因應現狀的問題上達成共識。事實上他們暗自竊喜，人口少一點簡直再好不過，何必費心苦思對策呢？

「擔心人少的話，乾脆讓猴子演化成人類好了！」

甚至有人這樣說笑。然而當時的真實狀況是，不單沒有猴子，而是除了人類以外的所有動物都已經滅絕了。

無論如何，這場戰爭終於結束了。人類總算可以喘口氣了。人們漸漸不再像過去那樣恐慌了。父母對孩子百般疼愛。獨生子女長大以後繼承父母的財產，就這樣過了幾個世代之後，人人成為富翁，個個都是資本家或地主。

這時候，不必再像從前那樣無謂地辛勤工作。工作時間變少了。只要稍加操作大型生產設備，就能做出大量的商品。曾經用於製造穿越大氣層的太空船的工廠，也不再需要了。

那些太空移民接二連三搬回來了。

「既然能在地球過上好端端的生活，何必傻乎乎地在太空辛苦工作呢？」

「一點也沒錯！人類還是住在地球最舒服了。」

那些等著坐擁遺產的人所搭乘的太空船，如雨點般不停降落在地球上。除非運勢太差，否則誰都能靠繼承遺產而一夜致富。即使不走運，沒能繼承父母的遺產也不必發愁，因為還可以讓兒女早逝的夫妻收養。

那時候仍舊是一對夫妻只生得出一個小孩。人們比過去更努力探究原因，卻依然沒能找出解答。

人類的滅亡。人類確確實實正朝向滅亡之路邁進。然而，對於滅亡這個概念，不再是生於人口成長期的人類所想像與恐懼的那種陰沉感受了。這就好比青春年華的青年對於死亡的憂慮，與頤養天年的老人對於死亡的坦然，兩者之間是有差異的。可以說，這時的世界屬於光明歡樂的時代。

一切生產活動都停止下來。在滅亡之前已有充足的糧食和電力。沒有人工作。工作不具任何意義。純粹消費的生活並未違背道德，因為人類的未來是有終點的。當人類領悟到這一點的瞬間，立刻顛覆了過去的思維。

長久以來，人類深信未來發展是永無止境的。世世代代的所有人都孜孜不倦地工作，潛意識告訴他們必須打造一個更美好的社會留給未來的子孫。在生於人口滅亡期的人類眼中，過去那些無以計數的人們形同他們的奴隸。

如今人人皆躋身貴族之列，得以盡情大快朵頤過去無數人流血流汗努力培育出來的豐碩果實。他們是貴族，可以逞意妄行，胡作非為。

真正的貴族根本沒把錢放在眼裡。有的人在夜裡把鑽石堆成一座山，點火焚燒，在一旁牛飲陳年美酒。有的人雖然覺得沒什麼意思，還是環遊世界好幾趟，恣意破壞保護多年的珍貴遺跡，一發現人去樓空的地方就駕駛飛機投擲核彈取樂，享受所費不貲的各式消遣。

從古老的書簡到極具科學價值的論文，全被銷毀了。沒有任何人出面阻止。學問根本一文不值。從繁殖優秀子孫的欲望而衍生出來的愛情、出人頭地、企圖支配未來的權力鬥爭以及戰爭所帶來的故事與教訓，那些不過是從前奴隸的讀物，與人類即將消失的這個世界毫不相關。

凡事不在乎的人們就這樣度過了一生。那是一個宛如入冬前秋高氣爽、萬里無雲的天空般澄澈透明的人們所生活的時代。

地球上最完美的地方。唯一一棟屋子最漂亮的房間裡，住著一對年輕夫妻。除了這裡，任何地方都看不到人類的身影了。他們是這個世界的國王和皇后。這是從古至今，多少人如饑似渴但從未獲得的至高無上的地位。他們是全世界與全人類蓄積財產的擁有者。只是那些財產絕大多數都被貴族們揮霍掉了。不過，國王和皇后並不在意那些。他們不會擺架子逞威風，也沒有感慨扼腕的憾事。

國王和皇后都有自己的名字，但是不曾用過。不管是用「親愛的」或是「喂」還「欸」來代替，都無所謂。

「欸，告訴你一件好消息！」

「啥事？」

「我們根本用不著穿衣服呀！」

的確有道理。衣不蔽體也無須感到羞恥。整個世界都是他們的家，沒有第三個人在。況且他們出生之後，不，早在誕生之前，已是指腹為婚的伴侶了。

兩人把外衣和內衣統統扔掉，光著身子度過每一天。好處是可以省去一切麻煩。赤身裸體的兩人，皮膚呈現一種難以形容的顏色。既是白也是黑，還透著幾分褐與黃。眼珠和頭髮也是一樣的情形。他們不屬於任何人種。這是因為自從人口開始減少以後，混血兒愈來愈多了。

由於缺乏比較的對象，也說不上相貌美不美、俊不俊，總之兩人認定彼此是最美麗與最英俊的。即使沒有甜言蜜語，也從不懷疑對方的愛意。他們不知嫉妒為何物。這對男女可說是人類歷史上最為理想且專一的相愛典範。

她懷上孩子了。

「這是最後一個小孩了。」

「不曉得是男孩還是女孩呢？」

「取個名字吧！」

兩人左思右想了老半天，最後相視一笑。取了名字也沒有用途。

預產期一天天接近。她進入一個房間。房裡有一台包含輔助分娩功能的萬能自動醫療設備，這是為了最後一個人類的誕生而特意保留下來的。

由於是難產，生產過程拖得很長。男人焦急地等待著。一切託付機器處理，他只能在一旁守候。

令人雀躍的燈號一閃一閃地亮起，產程結束了。嬰兒被自動送進了塑膠製的保溫箱裡。然而，妻子的狀況變得相當差。機器閃著顯示危險的紅色燈號，忙碌地救治，但她還是愈來愈衰弱。

她望著保溫箱上發亮的綠燈，明白孩子平安健康，開口託付：

「孩子交給你了。」

看著他點頭允諾之後，她才平靜地離開人世。通常先走一步的妻子很難於臨終前如此平靜，除非確知丈夫絕不再娶，會終生帶著對妻子的思念撫養兒女長大。

男人的反應卻是完全相反。她是世上無可取代的唯一妻子。他抱著妻子的遺體不斷哭泣。哭累了，不知不覺沉沉睡去。

在他睡著的時候，醫療設備啟動了。這台機器同時具備了偵測到躺在上面的人死亡經過一段時間之後便會自動處理屍體的功能。他忘記取消這項功能，致使妻子的屍體被機器完全分解了。

當他醒來的時候，眼前只剩下一根小木樁似的骨頭了。骨頭的一端呈尖突狀。只要將尖突端插入巨蛋形墓園的地面，就成為墳墓了。過去在人口爆炸的時代，人們為了節約墓園的使用面積而採取這種方式埋葬。由於這台機器是當時製造的，因此當他醒過來才赫然驚覺已經無法挽救了。

他將那根骨頭緊緊摟在懷裡，哭得比剛才更傷心。原本打算將妻子的遺體做防腐處理，陪伴自己直到死去的那一天，可惜一切都太晚了。誰都無法體會他此刻撕心裂肺的哀切離別。

他揣著骨頭，跌跌撞撞地來到屋外。沒有人可以聆聽他訴說傷痛，沒有人可以安慰他走出悲痛。既沒有電視也沒有收音機，聽不到能夠撫慰心靈的音樂，直到孩子長大離開保溫箱，能夠陪他說話之前，這裡將是萬籟俱寂的世界。

男人在無人聞問的天地間縱聲悲嚎，淚流滿面，死命抱住那根骨頭，不顧一切地發足狂奔。就在這一剎那，他的腳絆了一下，猛然向前撲倒。骨頭尖突的那端深深刺入他赤裸的胸膛，頓時血如泉湧。

男人癱伏在地，也無力拔出骨頭。他不能就這樣拋下孩子死去。他拚命掙扎，試圖爬回治療設備那裡。無奈流血不止，終究耗盡了最後一絲力氣。

風吹，日曬，雨淋。不知過了多久，男人的屍體盡數風化，隨風飛去。

地表上的禍福無常，並不影響地球本身照樣轉動。

在昏暗保溫箱裡的嬰兒慢慢地持續成長。這個世界上不存在其他持續成長的東西。即便沒有來自外部的指令，保溫箱仍然自動為嬰兒調節溫度、流通空氣、給予營養與協助適當運動。

這個嬰兒不是男孩也不是女孩。身為世上僅存的人類、世上僅存的生物，區分性別毫無意義。嬰兒逐漸長大。其手腳碰觸到的和輔助運動的物體表面都包覆著一層具有彈性的軟質塑膠，周圍充斥的只有昏暗。

懵懵懂懂的嬰孩覺得有點暗。儘管從未見過光亮，依然覺得應該更亮一點。可是，沒有人能從外面幫忙揭開保溫箱。

在保溫箱裡成長的嬰孩的第一個意識是，這裡好暗。這個感受愈來愈強烈，直到衝破忍耐極限的瞬間陡然不由自主地大喊一聲：

「要有光！」[5]

保溫箱應聲迸裂。嬰孩爬了出來，終於明白箱外有著寬敞的空間。

嬰孩心想，在這個空間裡，得做些什麼才行。雖然沒有人教導，自己卻彷彿知道所有該做的事，並且滿懷信心，一定做得到。

5　出自聖經《創世記》第一章第三節：「神說：『要有光！』就有了光。」

作者後記

本書是自選短篇集。全書共五十篇，收錄作品主要來自新潮社出版的〈人造美女〉、〈你好，地球人〉，再從其他出版社發行的短篇集裡擇選數篇納入。本書的第一項特色是以早期作品居多。我對這些作品的情感格外濃厚，每一篇都令我憶起寫作時的精心苦思與完稿後的成就感。事實上，不去回想執筆過程的種種才是我的一貫作風。

本書的第二項特色是收錄許多篇幅較小的作品，亦即所謂的極短篇。到底是命運引領我走向了這種小而美的小說文體，抑或是我主動踏入了那一個世界，恐怕窮究一生都難以覓得解答。對於短篇創作，我既未覺得自卑，也不感到自傲。

若要再舉出本書的另一項特色，就是在挑選作品時特意考量了多樣性。有些具有推理性質，有些帶有科幻風格，甚至呈現出不同的奇幻氛圍、寓言情感乃至於童話色彩。這些都是我有興趣的寫作領域。或許不妨說，正是這一本書將我——一個名叫星新一的古怪作家——形塑為極短篇的完成體。

星新一

一九七一年三月

星新一年表

一九二六年	出生	九月六日出生於東京市本鄉區，本名星親一。父親是星藥科大學及星製藥的創建者星一。外祖父小金井良精為日本重要人類學家，外祖母森喜美子為森鷗之胞妹。星新一幼時嗜好為閱讀，接觸到城昌幸與佐藤春夫翻譯的中國古典短篇小說，對短篇的愛好由兒時的閱讀習性即可見一斑。
一九三三年	七歲	進入東京女子高等師範學校附屬小學就讀。
一九三九年	十三歲	考試進入東京高等師範學校附屬中學就讀。
一九四二年	十六歲	僅用四年時間完成當時五年制的中學課業，比同儕提早一年進入東京高等學校。
一九四四年	十八歲	僅以兩年時間修完高等學校學業，進入東京大學農學部農業化學科。
一九四九年	二十三歲	發表首部極短篇小說創作〈狐狸的嘆息〉。
一九五〇年	二十四歲	修畢東京大學大學院課程。
一九五一年	二十五歲	父親驟逝，緊急接手星製藥。最後還是無法挽回公司早已惡化的財務狀況，被迫轉手出讓給企業家大谷米太郎。

		公司出讓後星新一一度重病，臥病在床時期陶醉於雷．布萊伯利的《火星紀事》，對科幻小說產生強烈興趣。開始加入飛碟研究會活動，與會成員有三島由紀夫、石原慎太郎等人。
一九五七年	三十一歲	與飛碟研究會成員柴野拓美攜手創立科幻雜誌《宇宙塵》。雜誌中刊登的〈神祕機器〉（セキストラ）一作，受到當時江戶川亂步的責任編輯注意，要求轉載於江戶川亂步時任總編的《寶石》雜誌。成為出道文壇的契機。
一九五八年	三十二歲	於同人誌《宇宙塵》發表〈人造美人〉（〈器子小姐〉最初標題），引發讀者迴響，數月後再次刊載於《寶石》。參與多岐川恭創建的青年推理小說社團「他殺俱樂部」。
一九六〇年	三十四歲	開始定期發表作品於《希區考克雜誌》、《文春漫畫讀本》等雜誌。〈雨〉、〈弱點〉、〈生活維護部〉、〈綁架〉等六部作品入圍直木賞。擔任電視劇《鐵人二十八號》科幻顧問。
一九六一年	三十五歲	以《人造美人》之名，收錄〈人造美人〉、〈喂——出來呀——〉、〈最後一個地球人〉、〈生活維護部〉等共三十部精湛極短篇，由新潮社出版成書。與芭蕾舞演員村尾香代子相親結婚。
一九六二年	三十六歲	《人造美人》短篇集、《歡迎來到地球》短篇集入圍第十五屆日本推理作家協會獎。
一九六三年	三十七歲	〈人造美人〉翻譯為英文版刊登於美國科幻雜誌《奇科幻小說雜誌》（*The Magazine of Fantasy & Science Fiction*）。同年參加由福島正實主持的日本科幻作家俱樂部，並參與電視版《超人力霸王》企劃與腳本撰寫。

一九六五年	三十九歲	長篇小說《夢魔的目標》入圍第十八屆日本推理作家協會獎。
一九六七年	四十一歲	發表父親星一經營星製藥歷程的傳記作品《民者恆弱，吏者恆強》。
一九六八年	四十二歲	《妄想銀行》短篇集獲第二十一屆日本推理作家協會獎。
一九七一年	四十五歲	將〈人造美人〉重新更名為〈器子小姐〉，收錄於星新一自選一共五十部極短篇集《器子小姐》再次出版。首刷達三萬冊。
一九七九年	五十三歲	由講談社發起，由星新一負責評選的「星新一極短篇小說競賽」開始舉辦。
一九八〇年	五十四歲	擔任日本推理作家協會獎評審。
一九八三年	五十七歲	宣布完成極短篇一千零一篇。
一九九四年	六十八歲	罹患口腔癌，接受手術治療。
一九九七年	七十一歲	一九九六年四月入院臥床數月後，陷入昏迷狀態，一九九七年十二月三十日於醫院逝世。
一九九八年	逝世後	獲頒第十九屆日本ＳＦ大賞特別獎。
二〇一三年	逝世後	日本經濟新聞社以其名設立「星新一文學獎」，鼓勵有志於短篇與科幻寫作的後進。

		九月，幸田露伴的小說《風流佛》出版。明治二十年代，幸田露伴與尾崎紅葉並列為兩大代表作家，文壇稱作「紅露」。 十一月，泉鏡花入尾崎紅葉門下。
一八九〇年	明治二十三年	一月，森鷗外發表短篇小說〈舞姬〉，對之後浪漫主義文學的形成有極大影響。
一八九二年	明治二十五年	三月，芥川龍之介出生於東京市（現東京都）。
一八九三年	明治二十六年	一月，島崎藤村與北村透谷創刊文學雜誌《文學界》，以浪漫主義為主，對抗當時主導文壇的硯友社。
一八九四年	明治二十七年	八月，甲午戰爭爆發。 十二月，樋口一葉接連創作出〈大年夜〉、〈濁流〉、〈青梅竹馬〉、〈岔路〉和〈十三夜〉等，轟動文壇。此時至一八九六年一月，後世評論者稱之為「奇蹟的十四個月」。
一八九五年	明治二十八年	一月，學術藝文雜誌《帝國文學》創刊。 四月，甲午戰爭結束。 六月，泉鏡花於純文學雜誌《文藝俱樂部》發表短篇小說〈外科室〉，帶起甲午戰爭後的觀念小說風潮。 十二月，金子光晴出生於愛知。
一八九六年	明治二十九年	一月，森鷗外、幸田露伴、齋藤綠雨創辦雜誌《醒草》，提倡近代詩歌、戲劇的改良。

		十一月，樋口一葉逝世。
一八九八年	明治三十一年	一月，國木田獨步於雜誌《國民之友》發表小說〈武藏野〉，以浪漫派作家身分展開創作生涯。 三月，橫光利一出生於福島。 十二月，黑島傳治出生於香川縣。
一八九九年	明治三十二年	五月，壺井榮出生於香川縣。 六月，川端康成出生於大阪市。
一九〇〇年	明治三十三年	四月，與謝野鐵幹和與謝野晶子創立《明星》詩刊，傳承浪漫派精神。
一九〇三年	明治三十六年	三月，國木田獨步發表小說〈命運論者〉，此作與十月發表的小說〈老實人〉筆法轉向寫實，為開啟自然主義派先鋒之作。 十月，尾崎紅葉逝世。 十二月，小林多喜二出生於秋田縣。
一九〇四年	明治三十七年	二月，日俄戰爭爆發。
一九〇五年	明治三十八年	一月，夏目漱石於《杜鵑》發表〈我是貓〉，大獲好評。 七月，蒲原有明發表詩集《春鳥集》，引領日本現代詩的象徵主義。同月，石川達三出生於秋田縣。 九月，日俄戰爭結束。

一九二一年	大正十年	一月，志賀直哉開始於《改造》雜誌連載小說〈暗夜行路〉。 二月，小牧近江、今野賢三、金子洋文創刊雜誌《播種人》，鼓吹擁護蘇俄的共產革命，劃下無產階級文學時代的開始。
一九二二年	大正十一年	菊池寬創刊《文藝春秋》，致力於培養年輕作家。
一九二三年	大正十二年	一月，菊池寬創立文藝春秋出版社。 九月，關東大地震後，政府趁動亂鎮壓左翼運動者，社會主義評論家大杉榮遭憲兵隊殺害，無產階級文學運動暫時受挫停擺。谷崎潤一郎舉家從東京遷至京都。
一九二四年	大正十三年	六月，《播種人》改名《文藝戰線》復刊。 十月，橫光利一、川端康成、今東光、石濱金作、片岡鐵兵、中河與一等人創刊雜誌《文藝時代》，主張追求新的感覺。雜誌第一期揭載橫光利一的短篇小說〈頭與腹〉促成「新感覺派」的開始。
一九二五年	大正十四年	一月，三島由紀夫出生於東京市（現東京都）。 十二月，《文藝戰線》雜誌集結無產階級文學雜誌、學者，成立「日本無產階級文藝聯盟」，使無產階級文學得以迅速發展。
一九二六年	昭和元年	十一月，無產階級文學運動第一次內部分裂。「日本無產階級文藝聯盟」內部實行改組，改名為「日本無產階級藝術聯盟」。遭排除的非馬克思主義者另立「無產派文藝聯盟」，創立雜誌《解放》。

一九二七年	昭和二年	二月，芥川龍之介於文學講座上公開批評谷崎潤一郎的小說，展開一連串芥川與谷崎的小說藝術爭論。兩人於《改造》雜誌上撰文駁斥對方引發筆戰，直至七月芥川自殺。 五月，《文藝時代》宣布停刊。 六月，葉山嘉樹、林房雄、藏原惟人、黑島傳治、村山知義等人遭「日本無產階級藝術聯盟」剔除，另組「勞農藝術家同盟」。 十一月，藏原惟人退出「勞農藝術家同盟」，另組「前衛藝術家同盟」。
一九二八年	昭和三年	三月，藏原惟人為了讓無產階級文學運動者不再分裂對立，結合「日本無產階級藝術聯盟」、「勞農藝術家同盟」等團體組成「日本左翼文藝家」，之後誕生「全日本無產者藝術聯盟」。 五月，濟南事件。 六月，中村武羅夫發表評論〈是誰踐踏了花園！〉，公開抨擊無產階級文學。 十二月，「全日本無產者藝術聯盟」創立文藝雜誌《戰旗》，迎來無產階級文學的高峰。
一九二九年	昭和四年	三月，小林多喜二完成小說〈蟹工船〉，發表於《戰旗》雜誌。此作為無產階級文學的代表作，受到國際高度評價。 十月，橫光利一、川端康成、犬養健、堀辰雄等人創刊《文學》雜誌。 十二月，中村武羅夫、川端康成、龍膽寺雄、淺原六朗、嘉村礒多、久野豐彥、岡田三郎、飯島正、加藤武雄、權崎勤、尾崎士郎、佐佐木俊郎、翁久允等人組成「十三人俱樂部」，號稱「藝術派十字軍」。

一九四三年	昭和十八年	八月，島崎藤村逝世。 十月，黑島傳治逝世。 十一月，德川秋聲逝世。
一九四五年	昭和二十年	八月，日本宣布無條件投降。 十二月，以秋田雨雀、江口渙、藏原惟人、德永直、中野重治、藤森成吉、宮本百合子等戰爭期間遭受鎮壓的無產階級作家為中心，組成「新日本文學會」。
一九四六年	昭和二十一年	一月，荒正人、平野謙、本多秋五、埴谷雄高、山室靜、佐佐木基一、小田切秀雄等人創刊《近代文學》，提倡藝術至上主義，邁開戰後文學第一步。 五月，太宰治在《東西》雜誌發表無賴派宣言：「我是自由人，我是無賴派。」無賴派因此得名。 六月，坂口安吾《墮落論》出版。 七月，谷崎潤一郎重新執筆因戰爭而停止連載的小說《細雪》，至隔年三月共完成三冊。
一九四七年	昭和二十二年	七月，太宰治於《新潮》雜誌連載小說《斜陽》，同年十二月出版。 十二月，橫光利一逝世。
一九四八年	昭和二十三年	五月，太宰治完成《人間失格》。此作與《斜陽》皆為無賴派體現於小說創作上的代表作。 六月，太宰治自殺。同月，菊池寬逝世。

一九五〇年	昭和二十五年	六月，韓戰爆發。
一九五一年	昭和二十六年	一月，大岡昇平於《展望》雜誌發表〈野火〉，隔年出版，成為戰爭文學代表作之一。
一九五二年	昭和二十七年	二月，壺井榮於基督教雜誌《New Age》連載小說《二十四隻瞳》，同年十二月出版。
一九五三年	昭和二十八年	七月，簽署停戰協定。韓戰結束。
一九五八年	昭和三十三年	一月，大江健三郎於《文學界》發表短篇小說〈飼育〉，同年獲得芥川賞，是當時有史以來最年輕的受獎者。
一九五九年	昭和三十四年	四月，永井荷風逝世。
一九六五年	昭和四十年	七月，谷崎潤一郎逝世。
一九六八年	昭和四十三年	十月，川端康成以《雪國》、《千羽鶴》及《古都》等作品獲得諾貝爾文學獎，為歷史上首位獲獎的日本人。
一九七〇年	昭和四十五年	十一月，三島由紀夫發動政變失敗後自殺。
一九七一年	昭和四十六年	十月，志賀直哉逝世。
一九七二年	昭和四十七年	四月，川端康成逝世。

幡013 **器子小姐**
BOKKO-CHAN by Shinichi HOSHI

Published in Japan in 1971 by SHINCHOSHA Publishing Co., Ltd.
Traditional Chinese translation rights arranged with The Hoshi Library
through Japan Foreign-Rights Centre / Bardon-Chinese Media Agency

作　　者	星新一
譯　　者	吳季倫
封面設計	王志弘
校　　對	李鳳珠
責任編輯	徐　凡
國際版權	吳玲緯
行　　銷	闕志勳　吳宇軒　陳欣岑
業　　務	李再星　陳紫晴　陳美燕　葉晉源
總 編 輯	巫維珍
編輯總監	劉麗真
總 經 理	陳逸瑛
發 行 人	涂玉雲
出　　版	麥田出版 地址：104473台北市中山區民生東路二段141號5樓 電話：(02)2500-7696 傳真：(02)2500-1967
發　　行	英屬蓋曼群島商家庭傳媒股份有限公司城邦分公司 地址：104473台北市中山區民生東路二段141號11樓 網址：www.cite.com.tw 客服專線：(02)2500-7718｜2500-7719 24小時傳真專線：(02)-2500-1990｜2500-1991 服務時間：週一至週五09:30-12:00｜13:30-17:00 劃撥帳號：19863813 戶名：書虫股份有限公司 讀者服務信箱：service@readingclub.com.tw
香港發行所	城邦（香港）出版集團有限公司 地址：香港灣仔駱克道193號東超商業中心1/F 電話：+852-2508-6231 傳真：+852-2578-9337
馬新發行所	城邦（馬新）出版集團【Cite (M) Sdn. Bhd.】 地址：41-3, Jalan Radin Anum, Bandar Baru Sri Petaling, 57000 Kuala Lumpur, Malaysia. 電話：+6(03) 9056 3833 傳真：+6(03) 9057 6622 讀者服務信箱：services@cite.my
麥田部落格	http://ryefield.pixnet.net
印　　刷	漾格科技股份有限公司
初版一刷	2022年09月
初版三刷	2024年01月
售　　價	420元
I S B N	978-626-310-260-6
電 子 書	978-626-310-266-8（EPUB）

國家圖書館出版品預行編目(CIP)資料

器子小姐／星新一著；吳季倫譯. -- 初版. -- 臺北市：麥田出版：家庭傳媒城邦分公司發行, 2022.09
面；　公分. --（幡；RHA013）
譯自：ボッコちゃん
ISBN 978-626-310-260-6（平裝）

861.67　　111008451

Printed in Taiwan.